笠井信輔
Shinsuke Kasai

がんがつなぐ足し算の縁

中日新聞社

がんがつなぐ足し算の縁

はじめに

「ステージ4のがん体験エッセイを6回の短期連載でお願いできますか？」

中日新聞・細川暁子記者からの突然の依頼。当初は小さな企画でした。悩まず、すぐに前向きな返事をしました。前著「生きる力」（２０２０年刊行）を書いた時の自分とは大きく違っていたからです。がんからの社会復帰後、がんのシンポジウム、がん学会、がん専門医への取材を多数経験し、令和医療の何が優れているのか？　という部分を学んできました。自分の体験と学びをどのようにお伝えすれば、今がんと向き合っている方、そして、これからがんに備える方の役に立てるか、その道筋が見えてきていたのです。

私のような昭和生まれ・昭和育ちの「昭和患者」は、自分が〝良い〟と思っていることが令和時代の治療のブレーキとなっていることになかなか気づけません。それが、昭和患者の落とし穴。ちょっとした工夫と心の持ちようの変化一つで、もっと効果的で適切な医療を受けられるようになるのが令和医療なんです。

一言で表せば、本書は「脱・昭和患者のススメ」といえます。前書「生きる力」で全く触れていなかった「ＱＯＬ《クオリティー・オブ・ライフ》」という言葉。今回はこのＱＯＬ（＝治療生活、入院生活の質）について大きくページを割いています。

どんな治療を受けるか、選ぶか、はもちろん重要。それに加えて令和時代は、できるだけストレスの少ない「我慢しない治療生活を送る」ことが大切という考え方に変わってきています。本書はその点にもこだわって書かせていただきました。

33年間、ワイドショーや情報番組の司会、リポーターとして毎日カメラの前でしゃべってきました。東日本大震災、地下鉄サリン事件、アメリカ大統領選挙…すべて取材をして話す。それは当事者の話を聞いて伝えるという「伝聞」です。ところが「がん」になって私が当事者になりました。命と向き合った自分の言葉がそのまま経験談に、生の情報になる。いってみれば「令和のひとりワイドショー」。こんなに強いことはありません。

しゃべることも好きですが、書くことも好き。祖父は阿木翁助という昭和の人気劇作家、そのDNAを少し受け継いだのかもしれません。

執筆で意識していたのは、「気づき」と「共感」です。がんになる前の人には「そんなことがあるのか」「それは気づかなかった」と知ってもらえるよう、がんや病気に備える実用書として。がん治療中や経験者の皆さん、そしてご家族には「そうそう、それが言いたかった」「同じ体験をした」と、感情の共有から励ましや癒しを感じてもらえるように書きました。北海道新聞読者の札幌のお医者さんからは「医療者側から気が付きにくい視点、御指摘もあり拝読しております」と、この上ないお言葉もいただきました。

そうなんです。この本の大きな特徴は「双方向」。皆さんの深い思いが綴られた連載へのお手紙やメールを一部掲載させていただき、それが特色となっています。

「初回から記事をスクラップしています」なんてうれしいお便りもたくさんいただきました。そんなことをしているのは、私と母だけだと思っていたのに（笑）。

そこで本書では、1年3カ月にわたった連載「がんがつなぐ足し算の縁」を再構成、大幅に加筆も行い、巻末には特別インタビューを詳録。新たな書籍として完成させました。記事をスクラップしてくださった方にも納得していただけるよう、奮起して書きました。

実は、細川暁子記者が先日、本連載を企画したことで中日新聞の「編集局長賞」を受賞。今、うれしさを噛み締めながらこの「まえがき」を書いています。

最後に、本書を出版するにあたって出発点の細川暁子さん、本にまとめてくださった中日新聞の田中玲子さん、装丁・デザインの番洋樹さん、鈴木知哉さん、表紙の撮影担当で友人の石川正勝カメラマンに感謝いたします。


一人でも多くの皆さんが、がんを乗り越えることを祈って…。

2023年盛夏

笠井信輔

もくじ

6章 小児がん・AYA世代のがんを知ってほしい

7章 反響編

・本書は、２０２２年1月〜23年3月の中日新聞・東京新聞連載「がんがつなぐ足し算の縁」と、その関連記事を加筆・再構成したものです。

・連載開始から寄せられた感想・意見は２００通を超え、その一部を「つながる縁」として連載時に紹介しました。また、反響編として、闘病・看病を経験している読者を記事に取り上げました。これらをがんがつないだ縁の軌跡として、書籍では各章のテーマごとにまとめて収録しています。固有名詞、年齢などは原則、掲載当時のものです。すべてを収録はかないませんでしたが、ご投稿くださった読者の方々に感謝申し上げます。

1章 がん発症

まさか、俺が

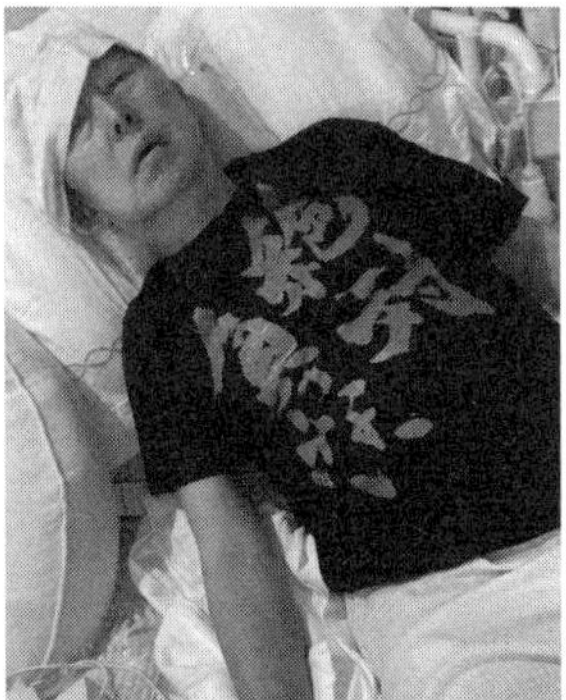

1 生きる覚悟

一緒に闘う人を失望させたくない

「私の母はあなたと同じ病気でした。なぜあなたは元気で、私の母は亡くなってしまったのでしょうか？　もう『元気になった』と言わないでください。あなたがテレビに出ているのを見ると、私はテレビを消します。」

これは、悪性リンパ腫を患って4カ月半の入院後、2カ月の自宅療養を経て社会復帰した私に対して送られてきた、手書きで縦書きの丁寧なお手紙。

「私の元気な姿を見たくない人たちがいる」。これは衝撃でした。そして、悩みました。

「世の中に対して何も言わず、おとなしくしていた方がいいのだろうか」。

小倉智昭さんと一緒に朝の情報番組「とくダネ！」を担当し20年。小倉さんは膀胱《ぼうこう》がんに、私は血液のがんになりました。番組のメイン司会者が2人とも「がん」。こんなことってあるのだろうか？　と信じられない気持ちでした。

私はフリーになってからSNSのインスタグラムを始めましたが、何をやっても、フォロワー（登録者数）が300人を超えない。フォロワーを1000人ほど獲得していた当時大学生だった息子に「父さん、フリーアナで300人って、終わってるよ」と揶揄《やゆ》される始末。しかし、がんを公表すると、それまで300人だったフォロワーが30万人（！）になりました。もちろん私の人気ではありません。「がん」です。

毎年100万人もの人が新たにがんになる時代なので、皆さん、気になるのでしょう。「毎日テレビに出ていた男が、がんになってどうなるのか」見届けようと…。

主治医の診断は「ステージ4。全身にがんが散らばっていて、特殊ながんのタイプなので予後が悪く、通常の治療法では効果がないでしょう。入院は4カ月、1年かかるかも」といったものでした。さすがに「死」を覚悟しました。

とても充実した人生だったので、幕を少し早く引くことになってもジタバタするのはやめようと、「死を受け入れよう」と考えたこともありました。

ところが…。

私のブログやインスタグラムに「私も笠井さんと同じがんです」「私の家族も今がんと向き合ってます」「私も抗がん剤治療をしています」と、がんの仲間やご家族の皆さんからのメッセージがたくさん寄せられるようになったのです。

私が死んでしまったら、一緒になって闘っているがん患者の皆さんやそのご家族を悲しませ失望させることになるのではないか。「抗がん剤は効かないんだ。悪性リンパ腫ってダメなんだ…」。そんな誤ったメッセージを発信してはいけない、と考えるようになりました。「私は死んではいけないんだ。絶対に帰らなければならない」と。「SNSは闇」「SNSに気をつけて」と「とくダネ！」で言い続けていた私が、そのSNSに「生きる力」を与えてもらったのです。

2 まさか俺が

排尿時に違和感　腰の痛みもサイン

悪性リンパ腫（血液のがん）を告知された時にまず思ったことは、まさか…俺ががん。なぜ？「がんじゃない」って言ってたじゃないですか！

私の場合、がんを疑って検査に行ってから、がんと判明するまで「4カ月」もかかりました。それはそれは長い道のりでした。

最初の異変は「排尿障害」。

（1）頻尿。2時間たたないうちにトイレに行きたくなる。

（2）トイレでは「うーん」といきまないと尿が出てこない。しかも痛みが伴う。

（3）突発的な尿意。これが本当に恐ろしかった。最終的に漏らしたことも…。

すぐに「がんだな」と思いました。その前の年に、情報番組の司会を一緒に担当してきた小倉智昭さんが膀胱《ぼうこう》がんで膀胱全摘出手術を受けていたからです。平均睡眠時間3～4時間。小倉さんと同じ生活を20年間送ってきた私です。小倉さんに相談すると、「検査した方がいい」とアドバイスをもらいました。

ところが、検査結果はシロ。「前立腺肥大です」。ほっとしました。で、通いやすい病院であらためてCT検査をしてもらったところ再度「前立腺肥大です」。

そう。私は二度も、がんではないとの診断を受けたのです。

すると腰痛まで発症。今思えば、この腰痛こそが最大のシグナルだったのです。しかし、痛みに耐えられなくなって私が向かった先は「病院」…ではなく「マッサージ」。

ここが私の大いなる反省点です。

毎年百万人もの日本人が新たにがんになっています。「日本人は2人に1人ががんになる」といわれていますが、それはちょっとデータが古い。確かに女性はがんと診断される確率が51・2％です。しかし、日本人男性は65・5％。3人に2人ががんになる。今やがん患者は多数派なんです（国立がん研究センターがん情報サービス２０１９年データ）。

皆さん、3人のうち2人に１００万円が当たる宝くじを妻夫木聡さんが宣伝し始めたらどうします？「これは当たるぞ！」とみんな買いに走るでしょう。でも、がんに関しては同じ高い確率でも「まさか、私が？」と信じない。これが多くの日本人のマインドです。

だからなかなか病院に行かないんです。

私も前立腺肥大という診断で病院に通っていたのに、腰の痛みのことを先生にすぐ報告しませんでした。たまたま治療の日に、四方山話《よもやまばなし》で「最近、腰痛で大変なんです」と先生に話したところ、もう一度CTを撮ることを勧めていただいたというのが真相で…。

その結果の中に「腰に怪しい影がある。がんの可能性」という所見がありました。

窪田正孝さん主演の月9ドラマ「ラジエーションハウス～放射線科の診断レポート～」。あれと同じです。私は名も知らぬ放射線科の方にがんを見つけていただいたのです。担当医から「系列の大学病院の腫瘍内科（がん専門科）で診てもらった方がいい」との指導があり、私は19年10月1日、3つ目の病院、3人目の先生に出会うことになりました。

実はこの日は、私が退社した翌日。フリーアナ最初のスケジュールが、がんの精密検査。夢も希望も持てない現実です。しかも、3つ目の大学病院でもすぐに結果は出ませんでした。

でも、先の2人の先生に対しては悪い感情はありません。なぜなら悪性リンパ腫とは、それほど見つけにくいがんだと分かったからです。

忙しい、面倒くさい、コロナが心配…などと言ってないで、受診控えをせず、積極的に人間ドック、がん検診を！　検査をすれば、簡単に見つかるがんはたくさんあります。早期発見なら、入院せずに通院治療も可能。手術も簡単、抗がん剤の量も少量です。

ステージ4、長期入院の治療の辛さを知っている私からのお願いです。

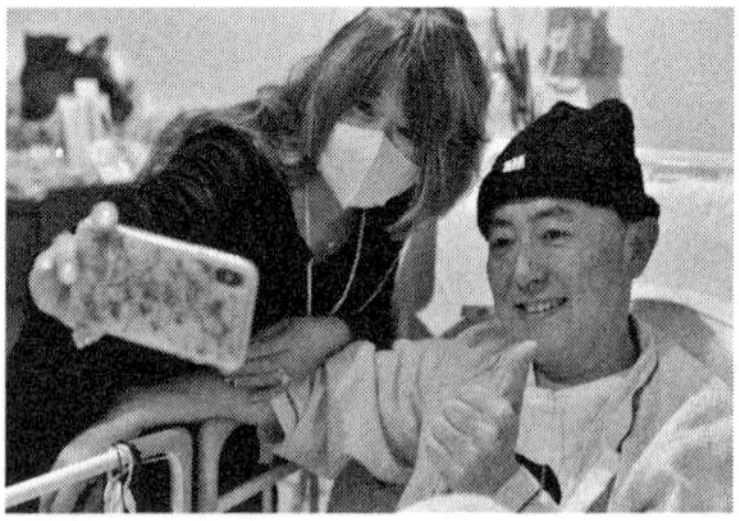

3　痛みと闘いながら

俺は生きている　入院後回しで仕事

「痛みを取ってください。体があちこち痛いんです。がんの治療は後でいいです」

２０１９年12月19日、入院時。体の痛みで長い距離が歩けなくなった私は、車いすに乗ったまま看護師さんに頼みました。それほど私の「痛み」との闘いは厳しいものでした。

でも、こんな状態になってしまったのは私自身の責任でした。

その約２カ月前、10月１日に出会った３人目の担当医はすぐ「がんの可能性が高いから、すぐに入院してください。いずれにせよ笠井さんは重病です。がんだったら、がんの治療。そうでなければその病気の治療をしましょう」と勧めてくださいました。しかし、私は断りました。「フリーになったばかりで今が重要。がんと確定するまでは入院しない」。それが私の答えでした。

仕事と命、どっちが大切ですか？　と言われそうですが、ＴＶに出続けなければ収入が断たれ、家族を守れません。しかも「辞めアナ特需」というのがあって、フリーアナに転身したばかりは、各局皆さん珍しがって使ってくれます。そこで力を示して波に乗る、ロケットスタートが重要なのです。フリー直後の入院なんて、ありえないんです。

そして、忘れもしない11月22日。がん告知の日。最悪の日。「悪性リンパ腫。治療は半年から9カ月、最悪1年以上かかることもあります」。ぶつけようのない怒りと悲しみの中、セカンドオピニオンへ。これに関しては極めて重要なので、後の章で詳しく書きます。

そして4人目となる血液がん専門の先生の診断が下ったのが12月2日。状況は最も悪いステージ4。「2日後に入院してください」と言われました。しかし、私は、またしても「入院を2週間延ばしてほしい」と頼みました。なぜならば、12月16日に黒柳徹子さんの「徹子の部屋」の収録が決まっていたからです。

このまま入院したら「笠井アナ、がんですぐテレビから消えたね」と思われてしまう。一大決心で会社を辞めたのにそんな幕引きは許せません。せめて「笠井は『徹子の部屋』に出るぐらいの人だった」という爪痕を残して世間から退場したい――。それが私の正直な気持ちでした。

先生は困っていました。「もし、この2週間の間に手遅れになったとしても、全責任は私にあります。念書を書きます」。私の強い決意に、先生はなんとか首を縦に振ってくれたのです。

うれしかった。その時の私の計画は「無理せず、ここから2週間体を休めて、『徹子の部屋』に出演して、入院」というものでした。

すると、事務所の加藤雄一マネジャーから「私は笠井さんの復帰を信じています。すべての仕事をキャンセルして『徹子の部屋』だけ出るというのは、フリーアナとして業界の信用を失う行為です。2日後に入院するか、2週間全部仕事をこなすか。どちらかだと思います」。鋭く温かい助言でした。私は、後者を選びました。

そこからの2週間は自分で言うのもなんですが、壮絶。全身の痛みと闘いながらの仕事は、本当に困難が伴いました。しかし、さまざまな楽しい番組、イベントに出演させていただいて「俺は生きてる！　フリーになってよかった！　これで何が起きようとも納得できる」と力みなぎる2週間でもありました。加藤さんに感謝です。

昭和時代は、がんになったら、どう命の幕を閉じるか「死にざま」を考える時代でありました。しかし、令和の今、考えるべきは「生きざま」です。がんになったからこそ「最期までどう生きたいのか」を選択する時代だと思うのです。

手術、抗がん剤、放射線、どれをどの順番にやるか？　大事なのは自分自身の「人生プラン」。自分はどう生きたいのか？　その大きな命題に向き合うのが、がんです。私の場合は、「いちかばちか、でも最後に輝きたい！」でした。

がんの検査をはじめてから4カ月、特にがんが確定してから1カ月、私は世の中にがんであることを隠し続けて働いていました。

「アンコンシャス・バイアス」という心理学用語をご存じですか？　簡単に訳すと「無意識の偏見」。例えば「がんの治療中」と職場に伝えただけで「それは大変だ」「無理しないで」と、配慮という名のもとに働かせてもらえなくなるということが現実に起きています。それは日本人特有の「やさしさ」からくるものかもしれません。だから厄介です。でも、がんを乗り越え職場復帰したあとも、なかなか通常業務に戻してもらえないという話も聞きます。

だとしたら…と、周りにがんを隠して仕事を続ける人たちがいるのです。

私もその一人だったのでよく分かります。がんを隠してテレビに出続けました。家族の生活を守るためにできるだけ入院を延ばして収入を得る必要もありました。

それはきつい選択でした。鎮痛剤の飲み方を工夫しないと仕事中に体の痛みが出てしまう。痛みで舞台あいさつの司会中にミスを連発、何も知らない俳優たちに大ウケ。講演会の最後の10分、鎮痛剤の効果が切れて冷や汗をかきながら痛みをこらえて話したことも。でも、すべて自分で決めたことなのです。

そんな闘いを乗り越えて、２０１９年12月16日、やっと「徹子の部屋」本番当日を迎えました。楽屋に入ると、まず、衝撃の事実が明かされました。

「徹子さんは、笠井さんががんであることをまだご存じありません」

徹子の部屋では、がんのことを打ち明けよう、と妻と決め、事前にプロデューサーに伝えてあったのに…です。

スタジオに入って驚きました。３本撮り！

プロのアナウンサーであっても、ロングインタビューを１日複数回こなすのは至難の業です。それは、聞く内容が混乱してしまうからです。黒柳さんはそれを１日に３本（３人のゲストとの対談を）こなしていました。しかも私のがんのことは「収録の30分前に伝える」というのです。

その30分ですべての脳内設計図を変更して、本番に臨まれた黒柳さん。打ち合わせもリハーサルもないのに、広く優しい心で完璧に私をリードしてくださいました。

「元気になってまた番組に帰ってらっしゃいね」

その言葉が何よりの励みになりました。

そして、いよいよ血液がんの長い入院生活が始まるのです。

親子で発病　頭が真っ白に

夫をがんで亡くし、私も70歳で卵巣がんになりました。「父さんの代わりに自分がお母さんの面倒を見る」。そう言ってくれていた息子もがんになった時は、頭の中が真っ白になりました。

息子は「早く治したい」と前向きで3回手術を受けました。コロナ禍で息子に面会ができない中、負担をかけてはいけないと私からは電話をしませんでした。でも息子から連絡をくれました。本当に優しい息子です。痛みに耐えてリハビリを続け、息子は職場復帰できました。

＝岐阜県八百津町・山田まつ子（79）・23／3／7

家で夫看病　奇跡信じる

昨年8月、夫（83）が骨髄異形成症候群という白血病の前段階の病気だと診断され、「長くて1年」と余命を宣告されました。

誰かに救いを求めようとしても、迷惑をかけるのではないかと思ってしまい話せません。病院で相談する場所もありますが、何を相談していいのかが分かりません。それでも誰かに聞いてもらえたら心が少し落ち着くのではないかと思って手紙を書きました。

夫が最初に入院した病院は車で片道1時間20分かかりました。それでも面会できるのは15分だけ。夫からは「いつ迎えに来る?」「車に乗せて帰らせてくれ」と言われて、切なく、つらい思いもしました。私も一人で家にいると、一緒にいた時のことを思い出して寂しさが募りました。

計3カ月の入院を経て、夫は退院し家で様子をみることが決まりました。介護保険制度を使いながら私が看病します。私は病院の調理師をしていたので、料理は得意。奇跡が起きることを信じて、おいしいものを食べさせてあげたいです。

＝石川県能登町・女性（75）・23／2／21

ステージ4　息子に奇跡よ起こって

息子（38）はステージ4のがんで闘病中。余命1〜3年と言われています。昨年、結婚する予定でした。息子は「生きられないから別れてください」と伝えましたが、彼女は寄り添ってくれています。

昨年1月に病院で検査した時には、大腸がんが肝臓に転移。手術は無理と言われ、抗がん剤治療中です。衰弱していく息子の姿に、代われるものなら代わりたいです。

新型コロナウイルスの感染拡大で、がん患者の家族の集いもなくなりました。一人でつらい思いを抱えていては、私もうつになってしまう。笠井さんに話を聞いてほしい、闘病中の人や家族の方と気持ちを共有したいと手紙を書きました。書いたら少し楽になりました。

笠井さんのことは前から応援していました。連載が始まった22年1月11日、息子は新しい薬を使い始めました。奇跡を願うばかりです。

=愛知・女性（72）・22／1／25

息子と同じ状況に涙

1月25日付掲載の女性の方へ。

息子（40）も2017年12月に大腸がんのステージ4と診断されました。肝臓に転移し、手術はできないとのこと。投稿者の息子さんと同じ状態で、読んだ瞬間、涙が出ました。余命半年と言われた息子は新しい薬を試し、4年以上たちましたが生きてくれています。

私も当時は涙、涙で周囲には話せませんでした。今は気持ちが落ち着き、経験を伝えることで少しでも他の患者やご家族の気持ちを和らげることができたら…と思います。

=名古屋市・苅谷節子（70）・22／2／8

親に病気伝えられず

私は20年2月に肺がんのステージ4と診断され、余命宣告もされました。新型コロナウイルスの流行で患者会もない上、友達にも会うことができず、気が狂いそうでした。心配をかけないために、高齢の両親には病気のことを伝えていません。子を思う母の投稿に胸がつまりました。かなうならお話ししてみたいです。息子さんに奇跡が起きますように。新しい薬の副作用が少なく、効きますように。

＝愛知・女性（58）・22／2／8

夫の声聞けずつらい

夫は膵臓《すいぞう》がんで余命1年半と告知されました。私は涙が流れましたが夫は気丈に聞いていました。あれから2年半。夫は今肺炎で入院中ですが、頑張ってくれています。病院の面会制限で夫には会えません。携帯電話を持っておらず、声も聞けません。以前は公衆電話からかけてきてくれましたが、今はその体力もないようです。いつか夫はいなくなる。私一人が取り残されたら、自分は精神的に大丈夫だろうか。夜中に目が覚めて寝付けません。覚悟はしているものの、つらいです。

＝愛知県・女性（70）・22／7／26

入院中の夫に会いたい

7月26日付の「つながる縁」を読んで私の話かと思いました。「夫の声聞けずつらい」と投稿した70歳の女性と自分の状況がとても似ていたからです。夫は肺がん末期で入院中ですが、コロナで面会できません。子どもに恵まれず2人で48年間暮らしてきました。親族は他県に住んでいます。たくさんの方が同じような思いをしているから、つらいとは言えません。でも、自分一人になるかもしれないと思うと苦しいです。

＝愛知・女性（69）・22／8／23

2章 告知の迷い

4 打ち明けられない

涙しながらやっと妻に…

「主治医が不在のため、代診の医師が結果を報告します。悪性リンパ腫が見つかりました」

Ａ４の紙に書かれた、これが私のがん告知。謎の排尿障害、激しい腰痛、４カ月にわたるがん検査、３つ目の病院、３人目の担当医。その結果、私にがんを告知してくださったのは、面識のない先生で、文書での告知でした。

３人目の先生は悪くありません。私が、フリーアナになったばかりで忙しく、先生が都合が悪いという日に、無理やり診察に伺《うかが》ったのが告知日だったのです。

当初から３人目の先生は「笠井さん、がんかもしれない」と何度もお話ししてくださり、「でも何がんかはっきりしないから」と、そこから告知まで2カ月近くかかりました。これが血液のがん、悪性リンパ腫のやっかいなところ。こういう経験をしている方、多いんです。だから、すぐにがんと分かった方はステージがいくつであれ、前向きに捉えた方がいいと思います。

見知らぬ先生にいきなり「がんでした」って、それはショックでした。いや、その先生もきつかったと思います。初めて会う患者さんに告知なんて…。

告知を受けた私は、そのまま体の痛みを押して、東京・高円寺に劇団「カムカムミニキーナ」の芝居を予定通り見に行きました。楽屋を訪ねて、仲がいい俳優の八嶋智人さんに、「ダイジョブだよ、笠井さん」と肩をたたいてもらいたかったんです。励ましてもらいたかったんです。

しかし、楽屋で芝居がハネてご機嫌の八嶋さんや松村武さん、ラサール石井さんに、「今日、がんって告知されちゃった」とは最後まで言えませんでした。

カラ元気で笑って、そのまま一緒に飲みに行く気にもなれずに帰宅しました。そうなんです。告知を受け止めることができても、周りにうまく話せない。相手の心に負担をかけてしまうようで、不幸な気持ちにさせてしまうようで、私はかえってストレスを感じてしまったのです。

私のように一人で告知を受けるケースの場合、周囲や家族にどう伝えるかという難問が待ち受けています。

帰宅して妻に「ごめん。がんになっちゃった」と謝り、涙しました。4カ月間、がんの検査のことは誰にも言いませんでした。「やっと言えた」という思いと、悔しさで涙してしまいました。しかし、いつも私より先にすぐ泣く妻が一切動じずに「頑張ってよ、乗り越えてよ、しっかりしてよ」と励ましモード全開。あれから3年、妻はがんのことでは怒ることはあっても、泣くことは一切ありません。そこに救われました。

次に連絡したのはすでに社会人の長男。

「大事な話がある」と電話をした時に返ってきた言葉は、

「なに？　がんにでもなったの？」

「なんで分かったの？」

「あの働き方を見てれば分かるよ」。

やはり親子だと思いました。

そして私は、妻と長男に「ステージ4という事実は誰にも言わないでほしい、隠してほしい」と頼みました。

まだ大学生の次男と高校生の三男には「がん」ということだけ伝えて、詳しいことは内緒にしました。

一番の問題は、年老いた80代の両親にどう伝えるかでした。とにかく心配をかけたくなかった。だって、両親は、がん＝死と考える世代なんです。

なるべく引き延ばして入院4日前に両親に話すと、母は「悪性リンパ腫」という病名について聞き返しもせずに泣き出しました。父は…認知症で私の病気のことがよく理解できないのに「そうか！　頑張れよ」と言ってくれました。この時ばかりは認知症に感謝しました。

母の涙の本当の意味を知ったのは、退院してからでした。私の病名を知った時、母は「信輔も…」と思い、そのまま我が子の「死」を覚悟したそうです。

実は今から30年前、私の伯父（母の兄）ががんになり、発覚からわずか4カ月であっという間に亡くなりました。そして母はその後30年間、伯父の本当の病名を私たちに隠していました。

「悪性リンパ腫」。伯父は私と同じ病気だったのです。当時はまず助からない病気だったそうです。兄がそんな恐ろしい病気にかかったことをどうしても周りに言えなかった母。その病名を30年後に我が子から聞くことになるとは…。どれほどの衝撃と悲しみだったでしょう。悪性リンパ腫は遺伝しないがんなので、なおさらショックですよね。本当に申し訳ないと思っています。今でも、私の体のことを毎日のように心配し続けているのは母ですから。

もっと深刻に「がん告知」してほしい

中日新聞の連載に「がん告知」のことを書くと、私のSNSにはたくさんのコメントが寄せられました。その中で注目したのは「なぜ医師は、あんなにあっさりと、軽く告知するのか？」という不満にも似た声が少なくなかったことです。

「がん告知」は深刻なもの…。今でもそうですが、昭和時代は、がん＝死の時代でした。今、毎年約100万人の方ががんになり、約40万人の方が亡くなりますが、逆から光を当てれば、60万人の方は戻ってくる。多くのがん患者は病気を克服する時代。若い現役世代ならなおさらです。

恐らく、がん告知という「儀式」を深刻にやりすぎたら、患者さんに与えるダメージが大きくなりすぎると病院の先生方は考えているのでしょう。だから「胃潰瘍ですね」と同じトーンで「胃がんです」などとサラっと言うのだと思うんです。

でも、昭和世代の患者＝昭和患者はそれが不満。儀式にしてほしいんです。私たちは昭和な医療ドラマや映画を見すぎてきたんですね。本人以外の家族全員を集めて「残念ながら、ご主人はがんです」…などということは、今はほとんどないようです。多くはストレートに「がんですね」と本人に告知です。「あっさり告知」が増えているようですが、年配の方はご存じですね。以前は「患者に告知をしない」という選択肢がありました。

同居していた妻の母が、がんに罹患《りかん》した時、私たちは本人に告知しませんでした。「ママは自分ががんだと知ったら気持ちが折れてしまう。だから告知はしたくないの」一人娘である妻の深い思いからの決断。しかし、それは大変な困難を伴うものだったのです。

5　告知しない決断

正解だったのか今も答えは出ない

今から20年前、私たち家族は妻の母（当時65歳）と同居していました。「告知せず」は、その母が末期がんと分かった時、母一人、子一人で育ってきた妻が希望しました。

義母は発熱しても体温を測らないような我慢強い人でした。しかし、２００２年春、突然、座り込んだまま「しんちゃん、立ち上がれないの。病院へ行きたい」と言い出したのです。

そして…遅かった。

進行性のがんで「年を越せるか微妙です」との余命宣告。

告知をしなかったので、何も知らずに入院した義母は、当初明るくふるまっていましたが、状況が一変したのは1度目の退院で自宅療養となった時です。私たち夫婦は思いがけず、義母を相手に「闘いの日々」を送ることになってしまったのです。

退院で病気がよくなっていると思い込んだ義母は、体の自由が日々きかなくなって精神的に落ちこみ、攻撃的になりました。怒鳴り合う家族。我が家でいったい何度、涙が流れたことでしょう。そして、1カ月の自宅療養を経て再入院する際、義母は妻にこう言いました。「ああ、もうこれで娘にいじめられずにすむわ」。あれほど献身的に接していた娘（妻）に対してのこの一言…「がん」はかくも人の心まで蝕《むしば》んでしまうものなのか。

しかし、再入院すると義母の心は再びゆれ動きます。「今日はいつ来てくれるの」と、毎日電話で妻を呼び出すようになったのです。

ところが、またも重大な「事件」が…。それは、入院中のお義母さんからの突然の電話でした。

「しんちゃん、私、がんなの⁉　うそでしょ。お医者さんが私に丸山ワクチンを打とうとしてるのよ！」

衝撃でした。もう他に治療法がない中、私たちは未承認の「丸山ワクチン」を頼っていたのです。

病室で、お義母さんはがんの恐怖でおびえていました。「あれほどお願いしたのに、なぜばらしたんですか！」。私は主治医に怒鳴り込みました。真相は、病室の外で「次の患者さんは丸山ワクチンです」と看護師さんの確認している声が義母に聞こえてしまっていたのでした。

私は、あるお願いをしました。「先生、うそをついてください」と。主治医は義母に「看護師がお名前を勘違いして、次は丸山さんって言ってしまってたんです」と「うその謝罪」をしてくれました。するとお義母さんは急に明るくなって「そうよね！　私も変だと思ったのよ。急にがんなんてありえないわよね」とニコニコ顔になったんです。やはり、告知しなくてよかった。その時はそう思いました。

そして、2カ月後の8月中旬、奇跡が起こります。転院をきっかけに義母の病状が驚異的に好転。それまで寝たきりだった義母が杖をついて歩けるようになりました。8月31日。「もう少し入院していたほうがいいのでは」という主治医の意見を押して、義母は自ら退院を決めました。その時誰もが思いました。最後は自宅のお布団で…しかし。

「私、これから帝国ホテルで暮らしたいの」突然の義母の言葉に、一瞬我が耳を疑いました。そして私は恐る恐る聞いたのです。

「暮らすってどれくらい」

「とりあえず20日ね」

滞在費は50万円をくだらない。しかし、私は「ダメ」とは言えなかった。義母は帝国ホテルの大ファン。誕生日、卒業式、成人式…。何かおめでたいことがあると、必ず一人娘と帝国ホテルへ。それほどあのホテルが好きでした。もちろん、親孝行だと思って結婚式も帝国ホテルで挙げました。義母は本当に幸せそうでした。その義母が「帝国ホテル」を口にしたのです。これが最期の望みになるだろうということは、私も妻も分かっていました。

大変申し訳なかったのですが、ホテルには、がんのことは伏せてチェックイン。それからしばらくの間、末期がんの義母は帝国ホテルライフを満喫したのです。義母から言われていたことは一つだけ。「夜は一人で寝たいから、誰も泊まらないで」。その頃は、自分ががんだと悟っていたのかもしれません。私たちに介護の負担を掛けたくないという義母のやさしさだったのでしょう。そういう人でした。

義母は昼になると妻を毎日ホテルに呼び出しホテルのランチを日々ごちそうしていました。私も、我が息子たちもおじゃましましてごちそうになりました。そしてある夜、ついに義母は長男を、小学校3年生の孫だけを自分の部屋に泊めたのです。フルタイムで働く妻の代わりに真剣に育てた孫と二人きり、生涯最高の夜だったと思います。

数日後、義母は再び立てなくなりました。ホテルから連絡が入り、駆けつけた私はすぐさま救急車を呼び、緊急チェックアウト。そして再々入院。その直後危篤となり、義母は一週間後に天に召されていきました。

実は、ホテルの部屋を片づけながら私は一通の便せんを見つけたのです。そこには義母の字で書かれた何首かの「短歌」。今まで、そんなことしない人だったのに…最後の一首はもう判読不能に近い字で一生懸命。そして途中で終わっていました。「リハビリをかねたホテルのバイキング　孫と一緒にたべる…」

最後の一字は「楽」に読める。義母はこう詠みたかったに違いない。「リハビリかねたホテルのバイキング　孫と一緒にたべる楽しさ」。涙が止まりませんでした。退院してから母が旅立ったのは23日目。

「帝国ホテル滞在はとりあえず20日ね」。…人というものは、死期を悟るものなのでしょうか？

お義母さんの最期は穏やかでした。しかし、いまだに告知をした方がよかったのか、しなくて正解だったのか、考えてしまいます。というのも、長男に義母の印象を聞くと「叱られて怖かった…」。あんなに長男を深く愛したやさしい人だったのに。自宅療養での1カ月間、苦しんで闘っていた義母の姿が幼い心に刻まれていたのです。

ただ今は、医師が病気や容体についてきちんと説明して同意を得る「インフォームドコンセント」が重要な時代で、「がん告知」は常識です。それは「がん＝死」ではなく、がんを生き延びる時代になったからにほかなりません。身内にがんを伝えるか？　迷わなくて済む時代になったことで、家族の負担は少なくなったといえるでしょう。

…と、私は連載時に書いていています。その見解は少々甘かったようです。今でも、告知に関して悩み、後悔や安堵をしている方が少なくないことを、私は読者の皆さんからのお返事の投書によって知ることになるのです。

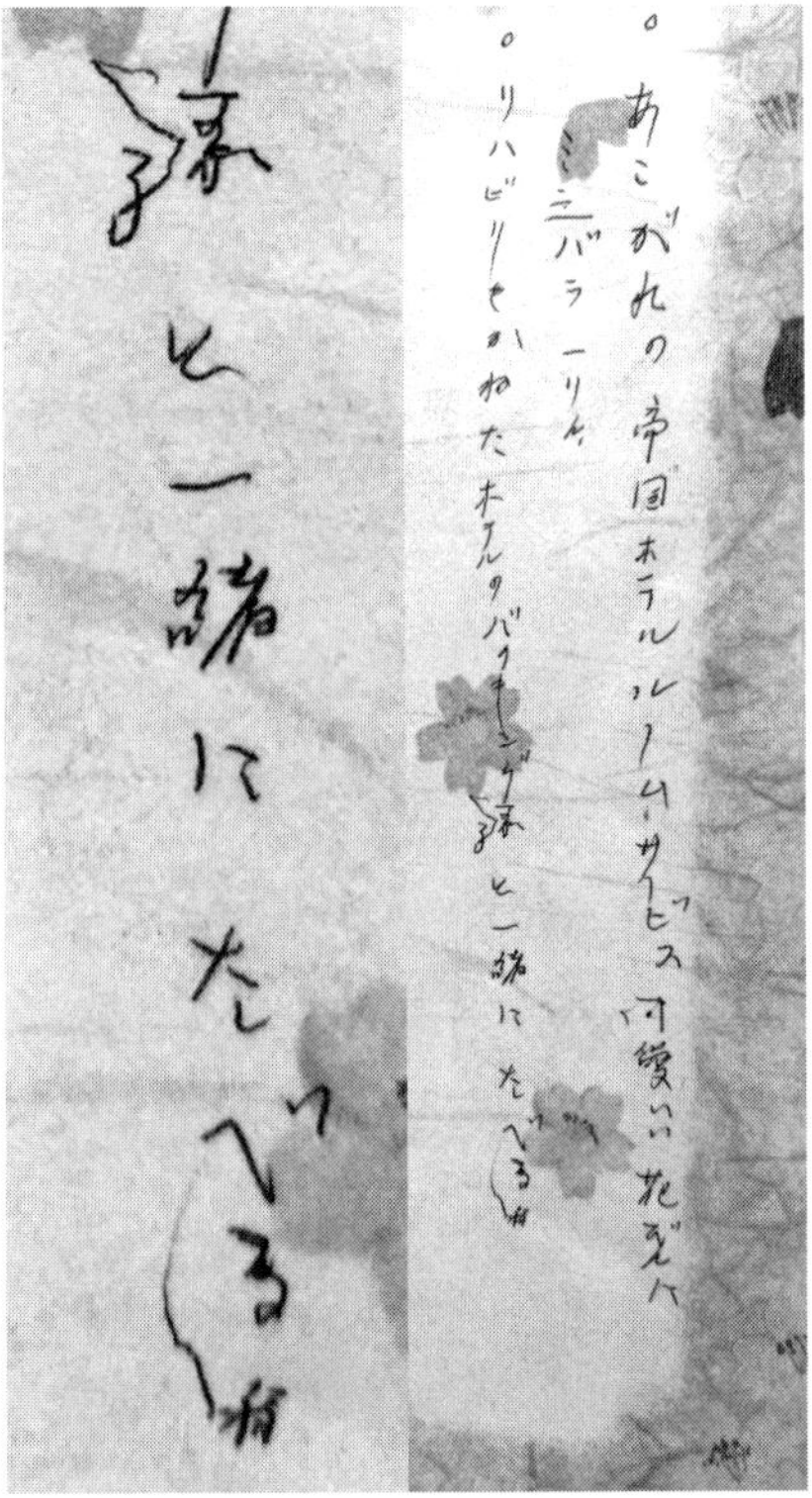

一緒に頑張りたかった

笠井さんが書いていたように約40年前、昭和の時代は本当に「がん＝死」でした。夫の胃にがんが見つかった際、医師からは知らせないよう言われ、「胃潰瘍で手術する」と伝えました。しかし、本人は察知し「おれはがんだ。子どもたちとおふくろを頼む」と言いました。

翌日意識を失い、その後亡くなりました。34歳でした。本人が思い悩んでいたことを思うと、告知した上で残る日々を一緒に頑張りたかった。娘たちには、私が大病を患った際は知らせてほしいと伝えてあります。

＝浜松市・女性（72）・22／6／28

相談なく告知　今も悔しさ

妻は9年前、膵臓《すいぞう》がんで亡くなりました。「あなたより1日でも長く生きるから」。1歳年上の妻は結婚した時、私にそう誓ってくれました。「約束を守れなくてごめんなさい」。亡くなった後、化粧台の中に見つけた妻の日記には、そう書かれていました。

亡くなる半年前、検査から帰ってきた妻は「転移がそこら中にあり、手が付けられないと言われた」

と泣きながら言いました。かける言葉もなくて、ただ強く抱き締めるしかありませんでした。それ以降の妻は落ち込みが激しく、病状も進んで入院となりました。
「妻は心配性なので、本当のことは言わないでほしい」。私は医師にそう伝えていました。どうしてうそをついてくれなかったのか。伝える前になぜ私に相談してくれなかったのか。今も悔しくてたまりません。病は気からといいます。正直に伝えるのが医療機関の方針なのかもしれませんが、どこまで伝えるかは患者の性格にもよるのでは。医師の言葉は患者から希望を摘み取ります。言葉は心情を考え、選んでください。

＝石川県・松枝章（80）・22／7／12

母に告知せず　悔いなし

8年前に亡くなった母が胆管がんと分かった際、医師から「つらい治療をしても効果が期待できない」と言われました。家族で話し合い、本人に告知しないことにしました。ありがたいことに母は痛みをそれほど感じず、旅行などにも行けました。ただ、若い医師には「今どき告知をしないなんて考えられない」と言われ、ずっと自問自答してきました。それでも今は「これで良かった」と思っています。

＝岐阜・女性（63）・22／9／20

✉ 妻亡くし喪失感から抜け出せない

8月に妻を肺がんで亡くしました。8歳年下で、自分より先に妻が亡くなることは想定していませんでした。結婚して43年。喪失感から抜け出せません。

妻は手術と分子標的薬の治療で3年半の闘病後、治療の限界を医師から告げられました。「余命3～6カ月」。私と娘はそう伝えられましたが、本人には言いませんでした。9月20日付の「つながる縁」で「母に告知せず悔いなし」と投稿された方の気持ちがとてもよく分かります。

妻は自力で食事を食べられなくなり、残り時間が少ないことを悟っていたと思います。「お父さん、私あとどれだけ生きられるかな」。ぽつんと言った言葉が、今も耳から消えません。「そんなこと誰にも分からん」としか返すことができませんでした。

妻は最後の2週間、自宅で過ごしました。訪問看護師さんは夜中でも来てくれました。「ご主人がまいってしまうから、いつでも呼んでください」と言っていただき、ありがたかったです。最期は、私の腕の中で亡くなりました。

＝名古屋市・岡田光二（75）・22／11／1

専門家に聞く①

親や子にどう伝える？
メールなどで前置き　頼みたいこと明確に

がんになったことを家族にどう伝えるか。中日新聞読者から寄せられた声によると、患者が自身の闘病に加えて深く悩むのが、その問題だ。笠井さんも両親への報告で悩んだことを打ち明けている。

「相手が親であれ子であれ、病気のことは家族に伝えるよう勧めている」。がん患者や家族の相談にのる国立がん研究センター東病院の社会福祉士・坂本はと恵さんは言う。亡くなる直前になって、または亡くなった後に事実を知ると「なぜ知らせてくれなかったのか」と苦しむからだ。

ただ心の準備は必要。まずはメールやLINE《ライン》などで「検査の結果が分かった。後で話せる？」などと伝えるといい。相手が何をしているかも、表情も分からない電話で突然病名を伝えるのは要注意。坂本さんは約10年前、父が大腸がんで入院したことを母からの電話で知った。電話を受けたのは、仕事を終え、帰宅しようとしていた時。急な知らせに動揺し「これからバスに乗るところなのに」と言ってしまった。父は2週間後に亡くなった。「母もつらかったのに。後悔している」と振り返る。

患者に寄り添う家族は、第2の患者ともいわれる。病気を告げると、親は「自分の育て方が悪かったからか」、子どもは「自分が悪い子だったからか」などと罪悪感を覚えてしまうことさえある。「誰のせいでもない」「一緒に頑張ってほしい」としっかり伝え、治療中に頼みたいことを明確にするといい。例えば「子どもの送り迎えを手伝ってほしい」「洗濯物をたたんでくれるとうれしい」という具合だ。何か患者を支える役割を担えると、気持ちが落ち着くという。

その上で「家族にもつらい気持ちを吐露できる場所が必要」と坂本さんは訴える。多くの病院には相談支援センターが設置されている。「一人で抱え込まず、利用してみてほしい」

専門家に聞く②

病名「告知」　あり方は
乳がんを経験した麻酔科医
子どもへの伝え方葛藤

名古屋市の麻酔科医で、小4～中2の3人の子どもがいる岩田恵子さん（45）は5年前、乳がんで左胸の全摘手術を受けた。子どもたちに病気をどう伝えたらいいのか、葛藤したという。

「乳房がなくなることは隠すことでも、悪いことでもない。子どもたちにうそをつきたくないし、受け入れてほしかった」。手術が決まった際、乳がんになったこと、乳房を切除することを伝えた。手術後、子どもが「おっぱい、なくなっちゃったね」とつぶやいた時には「ほうっておくと、がんが広がるから取ったんだよ」と説明した。

傷痕が痛くて腕が上がらなかった時、子どもが着替えを手伝ってくれた。手術後から飲み続けているホルモン療法の薬の影響か、今もうつ症状や不眠、体のほてりで寝込むことがある。その時は、子どもたちが食器洗いや風呂掃除を手伝ってくれている。

岩田さんは子どもに告知するメリットについて「闘病生活で環境が変化する理由を正しく伝えられる。体調が悪い時にも正直に伝えることができ、手助けも得られやすい」と話す。

一方、著名人が乳がんで亡くなったニュースが流れると、「お母さんは死なない？」と子どもたちが不安がった。その際は「がんが大きくならないように、薬を飲んでいる」と伝えたという。「ずっと心配をかけることは、やはりつらい」。子どもへの告知に関する情報は不足していると感じていたため、「自分の経験が参考になれば」と中日新聞に投稿した。

岩田さんの乳がんが判明したのは、フリーアナウンサーの小林麻央さんが亡くなったニュースがきっかけだった。自分で胸のしこりに気づき、検査を受けた。「それまで乳がん検診を受けていなかったことを後悔している。ぜひ検診を受けてほしい」
と呼びかける。

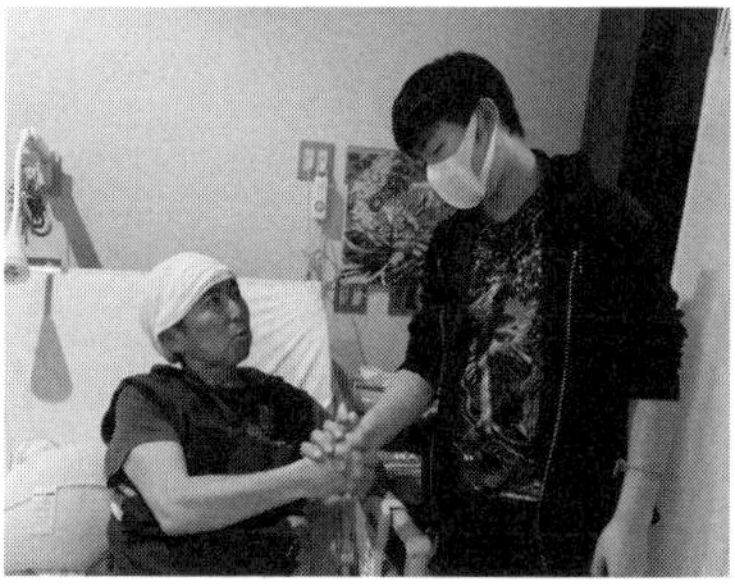

3章

治療に向けて知っておいてほしいこと

6 セカンドオピニオンを遠慮しない

妻の助言で決意　情報の大切さ痛感

「本当なの？　セカンドオピニオンを受けてください」

検査を始めて3カ月半、3つ目の病院で、ようやく分かった「悪性リンパ腫（血液のがん）」。家族には秘密で検査をすすめていました。妻に対して、フリー転身直後にがんという失意の報告となり、少々泣きました。その時、即座に妻から返ってきた言葉がこれでした。

当時の私の思いは「セカンドオピニオンを受けるのは、がんを見つけてくれた先生に申し訳ない。なんて言おう」。これが、私たち「昭和患者」の陥るマインドです。変に義理堅くなってしまって次に進めない。

一方、妻は「即決の人」。私が新人アナウンサーの頃、超人気番組「オレたちひょうきん族」のレギュラー時に「バラエティーアナは目指さない方がいい。その人気は、あなたではなく番組のもの」と妻に指摘され、私はワイドショーに専念しました。

さらに週末の情報番組の司会者として番組プロデューサーとモメにモメた時も「やめちゃいなさいよ。レギュラー全部外されたっていいじゃない」とピシャリ。結局、それがきっかけで、すべての情報番組から降板した私は夕方のニュースのメインキャスターに採用されました。

つまり、妻は私の羅針盤のような存在で、「いちいち面倒くさいなあ」と思う時もあるのですが、しばしばその判断に助けられてきたのです。

今回、羅針盤は「セカンドオピニオン」を指し示しました。

そこで、恐る恐る先生に申し出ると「それ、ぜひやりましょう！　すぐに次の先生を決めてください。私がすべての資料を送りますから」

時代は大きく変わっていました。今やセカンドオピニオンは医学界の常識になっていたんです。

ただ、そこからが大変。「誰に診てもらうのか？」。新たな先生探しが始まりました。

幸い、私は報道に身を置いているので医療に詳しい方も知っていました。その方に相談すると「東京で悪性リンパ腫の経験が豊富な病院は3つ。その中から選んだらいかがですか？」。ただ、紹介はできないので「朝から並ぶように」と。

背に腹は代えられません。朝8時受け付け開始ですが、私は7時に行って並びました。

名前が呼ばれたのは午後でした。

「笠井さん、アナウンサーなんですか？」。４人目の先生は、私も「とくダネ！」も知らない学者肌の先生。私の珍しいタイプのがん細胞に興味を持ったようでした。

セカンドオピニオンの結果は、「アグレッシブで、遺伝子異常があり、予後の悪い、脳に転移しやすい、通常の治療法では治らないタイプ」。「死ぬの？」と思いました。

しかし、先生は「ステージ４という診断は手遅れということではありません。今はいい薬が開発されていて、笠井さんのがんに合う抗がん剤は必ずあります。薬が合えば乗り越えられますから、一緒に頑張りましょう」。その確かなお言葉に「この先生についていこう」と決め、がんを見つけてくれた３人目の担当医に「病院を変えたい」とお願いしたのです。

お医者さんや専門家の知り合いがいない…という方もいるでしょう。しかし、ネットの情報だけで病院探しをするのは禁物です。今は後でご紹介する「がん相談支援センター」、がん保険を扱う保険会社や、さらに詳しい情報にアクセスできる医療情報提供会社の医療相談員も個人の病状を聞いて、病院の情報を提供してくれるようになりました。

「情報が命を救う」。そんな時代になっているんです。

7　がんの相談窓口はココ

どんな不安にも答えてくれる

皆さんは「がん相談支援センター」って知っていますか？　一言でいうと、がんに関する相談をなんでも、電話でも、対面でも、どなたでも、匿名でも、無料で相談できる、全国各地にある「がんの相談窓口」です。

がんになった人にとって重要なものは2つ。「お金」と「情報」です。そして、令和時代はますます「情報」が重要になってきています。病院によって治療結果に格差が生まれているので、「経験値の豊かな病院を選びたい」と誰もが思います。

突然がんを宣告された患者の最初の問題は「がんを見つけてくれた病院でこのまま治療していいのだろうか？」。これは患者本人や特に家族が考えてしまうこと。大丈夫。相談OKです。

「治療法は手術？　抗がん剤？　放射線？　どれを選べばいいのか？」「お金が足りない、

どうすれば?」「セカンドオピニオンを受けたいが、どこに診てもらえばいいのか分からない」。がん患者やその家族の悩みはつきません。「地方の場合はなおさら心配」という声は講演会で各地を回っていて耳にします。

私もそうでした。残念ながら私の通っていた大学病院は悪性リンパ腫の症例数が多い病院ではありませんでした。やはり、それぞれのがんの経験値の高い病院に診てもらいたいというのは病院選びの基本でもあります。そこで、自分の人脈で調べた情報をもとに、悪性リンパ腫の経験値の高い病院に移りました。

皆さんは、それを知る手だてを持っていますでしょうか? そんな人のために「がん相談支援センター」は全国の病院約450カ所に設けられています。自分の通っている病院にがん相談支援センターがないという方、大丈夫です。全国どこのがん相談支援センターに電話をかけても、皆さんのお住まい近くのがん治療の経験値の高い病院や、おすすめの病院を教えてくれます。

何ならメインどころの東京の国立がん研究センターのがん相談支援センターに電話してもOKです。ここには「希少がんセンター」もあり、私のような希少がんの方も相談に乗ってもらえます。私も事前に知っていれば、病院選びに苦労することはなかったかもしれません。

また、闘病中の方にも有効です。この件を担当されているがん対策情報センター本部・副本部長の若尾文彦先生にお話を聞いたところ「お金のことを聞いてもいいんですよ」と優しく答えてくださいました。

実は、右胸に埋め込んでいた抗がん剤の注入口「ＣＶポート」を取り除く手術を退院３年後に受けたのですが、入院病棟の事務の方に「手術費はいくらくらいかかりますか？」と聞いたら「分かりかねます」と言われました。早速、がん相談支援センターに聞いたところ、一般論としての手術費を教えてくれたのです。助かりました。

相談の中には治療方針を巡って「家族と意見が合わない、どうすればいい？」というものも。患者本人は満足しているのに、家族がネットで見つけた新しい治療法を勧める、というパターンもあるとか。これは主治医や看護師さんに相談しにくい。こういう場合は、相談員が家族を呼んで家族会議に参加することもあるそうです。とにかく「がんなんでも相談コーナー」なんです。ネットで「がん相談支援センター」と検索＝ＱＲコード、あるいは「がん情報サービスサポートセンター」（０５７０－０２－３４１０）へお電話を。

「こんなつまらないこと聞いていいのかな？」ということでも聞いてほしいと若尾先生は言ってくださっていますので、匿名でも、がんでない方でも気軽に利用してくださいね。

がん相談支援センター一覧

8　ネットの沼にはまらないために

主治医を信じて　検索はやめました

「笠井さん、よく『ネットの沼』にハマりませんでしたね。笠井さんのようなタイプが一番危ないんですよ」。退院後、がんの専門医にそう言われました。

がん宣告は患者にとって緊急事態です。何も知らない初心者が（1）どの病院で（2）どの先生に（3）どんな治療を受けるか─を最初の1〜2週間で決めないといけないからです。当然、本人も家族もインターネットで病気について調べます。しかし、ネット情報には大きな「落とし穴」があるんです。

私もそうでしたが、調べていくと「通常の治療法では不十分」「しっかり治療しないと大変なことになる」「命を落とす患者が多い」などというネット記事が目に飛び込んできます。ただ、読み進めると「だからこのサプリメントを」「だからこの民間療法を」「これで助かった人がいる」と。がんのネット記事はビジネスにつながっていることも少なくありません。

さらによく読むと、その記事を大学教授が監修していたり、実際にそれで症状が改善した人の証言も出てくる。でも、考えてみてください。それは「たまたまその患者が救われた」という記事であるかもしれず、「あなたのためのがんの記事」ではないのです。しかし、藁《わら》をもつかむ思いのがん患者や家族はどんどんネット検索をして、そうした記事に悩み、傷つき、そして心が病んでいきます。

私は、とても早い段階でネット検索をやめました。過激な記事ほどアクセス数が多く、検索の上位に出てくる。実は、ビジネスが絡んでいて、特別に広告料を払っている記事も検索結果の上に出てきます。それがインターネットの仕組みです。よく考えれば、私が患った悪性リンパ腫は、約100種類もあって症状はさまざま。自分のがんのタイプについて分かっているのは主治医と医療チームだけなのだから、その指示と判断を信じるのが一番と考えるようになりました。

インターネットの情報は玉石混交。もちろん有益な情報もありますが、その中でどの情報が正確で、自分にとって有益かを判断するのは至難の業なのです。

以前、「とくダネ!」でネット上の衝撃動画を紹介したのですが、後になって「嘘《うそ》の合成動画」と判明。後日、視聴者の皆さんに謝りました。大恥をかきました。以後、私はネット情報は「本当か?」と疑ってかかるようになりました。

がん情報も同じです。そうしたネット情報に踊らされて、裏付けのない治療法にいってしまう患者さんには典型的な2つのパターンがあるそうです。日本医科大武蔵小杉病院腫瘍内科部長の勝俣範之先生に、がん情報サイト「オンコロ」の対談動画で教えていただきました＝QRコード。この動画の再生回数は11万回を、越えています。

そこで話された注意しなければいけないタイプは、「高収入」「高学歴」な人たち。お金があって、いろいろな知識を得ている方は、ネットの沼にハマりやすいのです。有名人に結構このパターンが多く、たまたま症状が改善すると「この治療法いいですよ」と悪気なく発信してしまうから、さらにそこに人が集まってしまう。でも、その方は改善したのだから責められない。でも、みんなに効くかどうかは別、という難しさがあるそうです。

自分の病気について、最新の治療法など知っておくことは大切です。ネットでがん情報を調べるなら「オンコロ」の他、「キャンサーネットジャパン」「がん情報サービス」など、ビジネスにつながっていないサイトで調べるのが、一つのコツだそうです。

勝俣先生対談

9 「標準治療」が一番

名前が悪い治療法

２０１９年冬、私が悪性リンパ腫で「最低４カ月は入院する」と公表すると、同じ病気の患者さんたちから、

「なぜ笠井アナは入院なんですか？　何か特別な治療をやっているのではないですか？　私にもそれをお願いします」

こういう声がいくつも上がったそうです。約１００種類に分けられる悪性リンパ腫の中で、私のタイプは「びまん性大細胞型Ｂ細胞リンパ腫」。実は、この病名の方は通院で抗がん剤治療を受ける場合も多いので「あの人は有名だから、入院して特別な治療を受けるのでは」と思われたようです。

正直に言いますと、私の主治医は、私のことを全く知りませんでした。ＮＨＫしか見ないようで「とくダネ！」も知らなかった。そんな私が特別扱いを受けるはずがありませ

ん。むしろフリーになった直後だったので、仕事をしながらできる通院での治療を希望しました。しかし、遺伝子異常が見つかり、しかもステージ4なので通常の治療法では治らない。大量の抗がん剤を投与する「特別な治療法」が必要だとして入院となったのです。

「ほら、特別じゃん」と思った方、少々気が早いです。病気の治療には、健康保険証を持っていると患者の支払額が抑えられる「標準治療」、高額の負担になることが多い「先進医療」、その他「自由診療」や「民間療法」がありますが、私はすべて「標準治療」でした。

でもね。がんになった時に「標準治療にします」と聞けば、「もっと高いお金を払えば良い治療が受けられるのでは?」と考えますよね。しかし、それは誤解なんです。

退院後に出会った先生方はみな「標準治療が一番」と言います。先進医療や自由診療は効果的な場合もあるが、安全性の評価が定まっておらず、健康被害が起きるかもしれない。ごく一部の人にしか効かないかもしれない…といったことがあるからです。

実は、先進医療の薬や治療法が長い期間検査して、ようやく百に一つが承認され標準治療に格上げされる。【標準治療は、治療法のキング・オブ・キングス】と、どの先生も言うんです。ここ、とても重要です。

でもね。そう説明を受けた上で思います。名前が悪い。

「標準」って寿司《すし》でいえば「並」ですよ。高いお金を払えば「上」や「特上」があるのでは？　と考えるのが人というものです。

しかし、その昔「スタンダード」という英語を「標準」と訳したところから始まっているそうで、医学界ではそう簡単に呼び名を変えられないんだそうです。確かに、ジャズでいえば「スタンダードナンバー」って「並」よりも価値がある名曲という意味ですものね。ただ、これ以上治療法がないなどという段階で、標準治療以外の道を探すことについては誰も否定できません。先進医療の治験を受けることで新しい薬の開発に貢献できるという側面も持っています。

さまざまなリスクとベネフィットをしっかりと理解したうえで、治療法を最初の1～2週間で決めなければならないので、がん患者と家族は大変なのです。

10 誰でも治療費が不安

助けてくれた「高額療養費制度」と「医療保険金」

令和時代のがん患者ということで、私などでもアドバイスを求められたりしますが、一番答えにくいのが治療費のこと。同じがんでもステージによって治療法や入院期間が大きく金額が異なってくるからです。

1000人を対象にしたある医療関係のアンケートで「病気になったら不安に思うこと」を聞いたところ、「治療費などの出費がかかる」が約8割！　その次は「収入が減る・途絶える」で約半数。そう！　まさにこれ。がんになるとお金のことで頭がいっぱいになる。私は会社を辞めた直後のがん発覚だったので「いくらかかるんだよ。退社しなきゃよかったか！」と当初は自問自答する日々でした。

例えば、私の知人はノーベル賞で話題となった抗がん剤（オプジーボ）を使った治療を受けていますが、公的医療保険の適用を受けて3割負担だったとしても、薬代だけで計算上は超高額となります。そんな治療は受けられないと、私も考えていました。

しかし、私たちはあきらめなくていいんです。日本の公的医療保険制度には「高額療養費制度」というありがたい仕組みがあるから。極めて簡単に言うと、高額な治療費の支払いをしなくて済むように、「支払額の上限」＝「これ以上支払わなくていい金額」が収入によって決められているのです。

例えば、70歳未満で年収がおおむね３７０万～７７０万円の方の場合。１カ月の医療費が仮に１００万円だったら、窓口での支払いは3割の30万円ですが、自己負担額は９万円以下に抑えられるので、約21万円が数カ月後に返ってくるのです。

しかし「後でお金が返ってくるとは言っても、まとまったお金の支払いは無理」という方もいるでしょう。そんな方のためにあるのが「限度額適用認定証」です。がん治療のように治療費が高額になると分かっている方は、事前に健康保険組合など公的医療保険に申請して「限度額適用認定証」の交付を受けると、上限額以上は窓口で支払わなくていいんです。私もこの制度を利用し、本当に助かりました。

ただ、この制度は公的医療保険を利用できる「標準治療」が対象です。自由診療や先進医療、差額ベッド代などには適用されませんから気をつけてください。

私は大部屋を希望していましたが、さまざまな理由から4カ月半にわたり個室に入ることになりました。大部屋との差額は1日約3万円で、毎月90万円近くの差額ベッド代を負担しなければならないことに。個室代だけで4カ月半、約400万円!! 目が回りそうでした。これを救ってくれたのが「がん保険」「医療保険がん特約」だったんです。本当に助かりました。

私以上に家族が喜び、保険金で賄えると知った時に家庭内に笑顔が戻りました。家族もお金のことを気にしていたと実感。闘病中の私の心理的負担がずっと軽くなりました。

公的・民間の支援制度を事前に学んで備えておくと、いざという時に助かります。がん治療のお金にはなるべく振り回されたくないですからね。

つながる縁

✉「負けないで」願いを同封

大腸がんと膀胱《ぼうこう》がんを患っていた長男を2020年8月に亡くしました。50歳でした。働き盛りの30代半ばで発症。闘病生活は14年に及びました。

夫が亡くなった後、私は長男と二人暮らし。心配をかけまいと、通院の際の詳しい検査結果は教えてくれず、親戚にもがんのことは伏せていました。

一人暮らしになった私を心配してよく訪ねてくれる友人は、乳がんのステージ3で闘病中です。悪性リンパ腫のステージ4から回復した笠井さんの連載を見せては「あなたも大丈夫」と励ましています。

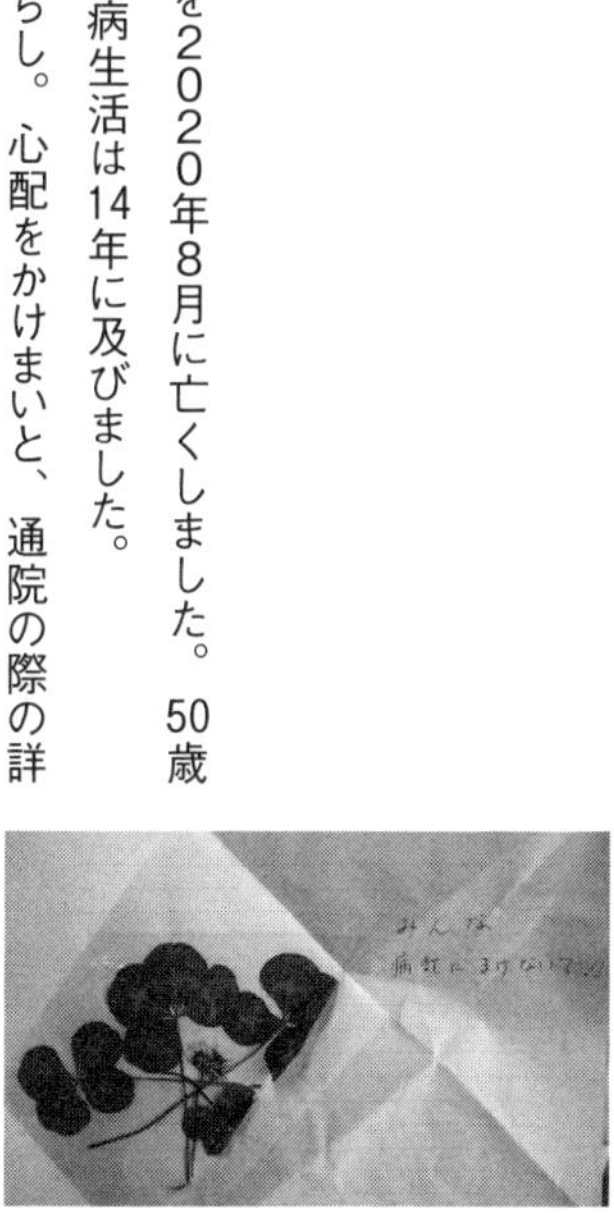

闘病中の人や家族を亡くした人ら読者の声を特集した記事（138〜142ページ）には涙が出ました。みんな病気に負けないで―。そう願い、幸運の印とされる四つ葉のクローバーを近所の野原で探し、同封しました。

＝津市・小林久美子（74）・22／4／19

✉手術4回…「今」に感謝

乳がんで4回、直腸がんで1回手術を受けました。最初の手術から30年も生きることができ、「今」

に感謝しています。一方で、闘病仲間には亡くなった人もいて、その方たちに思いをはせています。つらい治療に耐えながら、死を身近に感じていた時のことを振り返ると、今、苦しんでいたり、治らないと言われたりしている方たちのお気持ちを想像して胸が詰まります。

＝名古屋市・女性（69）・22／3／22

次は私がめいの支えに

乳がん治療から17年がたちました。おかげさまで元気に暮らしています。

先日、私のめいも乳がんだと分かりました。私は「心配しなくても、ここに、こんなに楽しく元気に毎日を過ごしている叔母がいるよ」と、めいに話しました。そして、切り抜いていた笠井さんの連載を封筒に入れて渡しました。笠井さんの発信は世の中の人たちを勇気づけています。包み隠さず闘病の経緯を発信してこられたことに感謝しています。

乳がん治療を始めた当初、患者さんたちが交流するサイトが大きな支えになりました。つらい時の気持ちを吐露すると、寄り添ってくれる人が何人もメッセージを書き込んでくださいました。不安で怖くて立ちすくみそうな時に、小さな明かりを照らしてもらい、「ここまで来ればいいんだよ」と導いてもらった気がします。

今は、真っ暗なトンネルの入り口で不安な気持ちでいる人たちに、少しでも小さな明かりをともすことができたら…と思って暮らしています。

＝岐阜県御嵩町・女性（59）・23／2／7

4章 抗がん剤は幸願剤

11　目覚ましい新薬開発

不治のイメージ変えてくれた

近年、がんに対する薬の開発は目覚ましいものがあります。私の〝がん友〟は「あの薬がなかったら、私は今ここにいないです」。そうはっきり言います。

主治医も「笠井さん、ステージ4は手遅れという診断ではありません。今、とても良い薬が開発されています」と明言しました。その言葉通り、私の体からがんは消え（＝完全寛解）社会復帰させてもらいました。先生の言葉はうそではなかったのです。

ただ、そうはいっても、血液がん「悪性リンパ腫」は人間ドックや健康診断では分かりにくいがんで、検査を始めてがんと分かるまで4カ月。希少がんで患者数が少なく、いまだ原因不明のがん、ネットで調べると長生きできないという記事ばかり。しかも私の伯父も同じ悪性リンパ腫で、病気と分かってからわずか4カ月で天国へ…。もう数え上げればきりがないほどマイナス情報しかない。「なんて厄介ながんになってしまったんだ」と当時は悔しくて、他の種類のがんの方をうらやましく思ってしまう「隣の芝は青い」という変な精神状態になったりもしました。

ところがです。今、がんの啓発活動をする中で出会ったがんの専門医の先生方は「抗がん剤が効くようになり、悪性リンパ腫は克服しやすくなった」と、異口同音に言うのです。そんな話をいくつも聞くと、悪性リンパ腫のイメージが徐々に変わり、あきらめなくてよかった、と改めて思います。

冒頭の友人を救ったという薬は、2018年にノーベル医学生理学賞を受賞した本庶《ほんじょ》佑《たすく》先生の研究から生まれたがん免疫治療薬「オプジーボ」です。がんの再発を繰り返し、もうこれ以上治療方法がないと本人があきらめかけたところで、この新薬を使用できることになりました。

実は本庶先生がノーベル賞を受賞した時、日本ではこの薬は対象となるがんが限られていました。日本の先生の研究で生まれた薬なのに不思議ですよね。「ドラッグ・ラグ」といって、海外に比べ日本における新薬の承認には時間がかかるのです。

「がんはなるべく遅くなったほうがいいんですよ」と先生方が口をそろえて言うのはそういうこと。先日も、悪性リンパ腫の新薬が承認されました。かの友人もぎりぎりオプジーボに間に合ったんです。普通は「急いだので間に合った」ですが、がんの場合は「遅かったので間に合った」ということになります。ちょっと不思議な感覚です。

その友人は、「本庶先生に感謝を伝える会」に参加しています。先生と一緒に写った写真も見せてもらいました。感動したそうです。分かります。私も今は投薬も治療も何もしていません。本当に先生方に、私を救ってくれた抗がん剤に感謝しています。

しかし、どなたが開発したのか、どの製薬会社の抗がん剤を使用したのかよく分かっていません。「分かるのは薬の名前まで」という方がほとんどだと思います。だから、すべての製薬会社の皆さんに、薬の研究開発に従事している皆さんに、感謝を伝えたいのです。皆さんの長年の努力の結果、命を戻していただきましたと。

12 抗がん剤が効いた

私には効いた！　事実なのに言えず

「すみません。今の部分、別の表現で言い直してもらっていいですか？」

インタビューを終えた直後に声を掛けられました。仕事復帰して受けたいくつかの製薬会社のインタビューで、こうした経験は一度だけではありません。

患者として製薬会社の皆さんには大変お世話になりましたから、最新の治療体験を語らせてもらう機会をいただけるのはありがたいことです。

そこで一番話したいことが「抗がん剤が効きました！」。もう声を大にして言いたい。

ステージ4。遺伝子異常確認。脳にも転移しやすい。予後が悪い。通常の治療では治らない可能性が高い…。と、何一ついい情報がない中で、唯一の「プラス情報」が、「今はいい薬がある」というものでした。

そして、抗がん剤投与は全6回。1回目の抗がん剤投与で、あれだけひどかった全身の痛みが軽減され、排尿障害によって「うーん」と声を出すほどいきまないと出なかった尿が「シャーシャー」出始めたのです。「抗がん剤は効く」と感動しました。

入院までの4カ月、どんな薬も効果がなかったのに…。「抗がん剤って素晴らしい！」と思いました。死の淵から引き戻してもらっている感覚でした。

確かに、きついし、つらい。「びまん性大細胞型B細胞リンパ腫」は通院で抗がん剤治療を行う人が多い中で、1回につき120時間（5日間）連続の抗がん剤投与というのは退院が許されないものでした。「最低4カ月の入院」と聞いて失望し、死の覚悟もしました。

しかし、最初の投与で明らかに体に変化が見られた。きついし、脱毛はするし味覚障害や食欲不振にもなりましたが、「この治療に耐えればいけるかもしれない」と、治療が進むにつれて思うようになったのです。

そして、完全寛解。抗がん剤は私のがんを消し去ってくれました。

ですから、私は製薬会社のインタビューで「本当に抗がん剤が効きました！　医学の進歩を感じました。ありがとうございます」と感謝を述べました。

言いたいことが言えた！　と、自分の中で満足のいく内容だったのですが、そこで担当者から冒頭のNGが出たのです。「大変申し訳ないのですが『薬が効いた』という部分を言い直してください」と。

聞けば、さまざまな規定によって、製薬会社は宣伝活動が制限されていて「効いた」「治った」と直接表現してはいけない場合が多々あるそうなんです。

知りませんでした。私のインタビューはCMではなく誇張でもなく、事実です。それに、その会社の抗がん剤でもない。でもだめでした。せっかくの機会でしたが、それが製薬業界の常識というものらしく、撮り直しをしました。

どこまでを「効いた」というのか？　果たして「他の人にも効く」と言えるのか？　確かにそう言われればそうですが…。

「抗がん剤は怖いからいや」。そう言って抗がん剤治療を避ける患者さんがいる中で、いいこともありますよと伝えたかった。選択肢の一つに入れてみたらと提案したかった。

ネットを見れば、抗がん剤は「死の薬だ」と言う人もいます。ただ、私は自分の経験から、抗がん剤は「幸願剤」＝幸せを願う薬剤だと思っています。看護師さんにそう教わった時に腑《ふ》に落ちました。そうだよね。そう考えればいいのかと。「幸願剤」…覚えておいて損はないですよ。

「幸願剤」選択肢の一つ

「抗がん剤を幸願剤に!」という紙を持った笑顔の笠井さんの写真が気になり、記事(73ページ)を読みました。抗がん剤には、脱毛や吐き気などつらい印象が付きまといます。2年前、子宮頸《けい》がんの疑いがあると言われましたが、早期発見のおかげで部分切除しただけで済みました。抗がん剤のマイナスイメージが強かったため、以前の私には抵抗感がありました。でも、笠井さんの記事を読んで、治療の選択肢の一つになるものだと思いました。

=静岡県掛川市・甲田千賀子(51)・22/12/13

前向きに「足し算」

「がんがつなぐ足し算の縁」というタイトルに共感します。2019年6月に悪性リンパ腫のステージ4と分かり、抗がん剤治療を受けました。微熱が続き、かかりつけ医で「念のため」と検査を勧められた結果でした。高齢のその医師は約1年前に亡くなりましたが、治療につないでくれたおかげで生きています。再発の不安はありますが、日々のささやかな出来事を雑記帳に書き、スケジュール帳を予定で埋めて前向きな気持ちでいます。

=愛知県蒲郡市・小林善信(78)・22/2/22

患者と看護師　信頼から愛情、結婚へ

私と夫はまさに「足し算の縁」で結婚しました。出会いは2010年秋。私は看護師で、夫は膀胱《ぼうこう》がんの患者として入院中でした。彼は当時51歳で独身。ステージ4で肺にも影が見つかり、半年ほど入院していました。

後から聞いた話では「もう人生を終わらせてもいい」と投げやりな気持ちで、病室で泣いていたこともあったようです。「もう恋愛も、結婚もできない」。膀胱の全摘出手術の前日、そう寂しそうに言った彼を「命が助かれば何だってできる」と励ましました。

抗がん剤治療と手術が成功して、彼は退院。私はシングルマザーで、それからは彼に悩みを聞いてもらいました。結婚したのは、2年付き合ってからです。

手術から5年がたち「もう再発はしないだろう」と思っていましたが、今度は血液検査で骨髄異形成症候群、白血病の前段階だと分かりました。彼の姉から骨髄移植を受けることができ、経過は順調です。関わってくれたみなさんのおかげだと、夫婦で1日1日、大切に生きています。

＝愛知県新城市・判家《はんけ》豊美（62）・22／3／8

専門家に聞く③

治療法 話し合える時代
新たな薬 次々と

岡山大大学院消化器外科学教授で、厚生労働省のがん対策推進協議会の参考人を務めたこともある藤原俊義さん（61）によると、現在は本人へのがん告知が基本となっている。「治療の選択肢が増えて、がんと向き合い、未来を生きることができるようになってきたから」と理由を説明する。

藤原さんが1985年に医学部を卒業し、研修医として働き出した頃は、「がん＝死」のイメージが強かった。家族の希望で本人には病名を伏せ、カルテに「非告知」と書かれていたことも多かった。「当時は抗がん剤があまり効かない上、吐き気などの副作用も強かった。長く生きることが期待できず、積極的な使用を勧めることは難しかった」と振り返る。

だが今は、がんの種類によっては抗がん剤が効くという根拠を示せるようになった。分子標的薬など、新たな治療法が次々と登場し、最初の薬が効かなくても次、その次に使う薬を提示できる。「『がんは死に直結しない』と言うことができるようになった」

2000年代には、医療者向けのがん診療のガイドラインが作られ、治療法が全国で共有されるようになった。インターネットによって、患者が治療について簡単に調べられるようになったことも大きな変化をもたらした。藤原さんは「今は患者さんと医師が対等に話し合い、お互いが納得した上で治療法を決める時代」と話す。

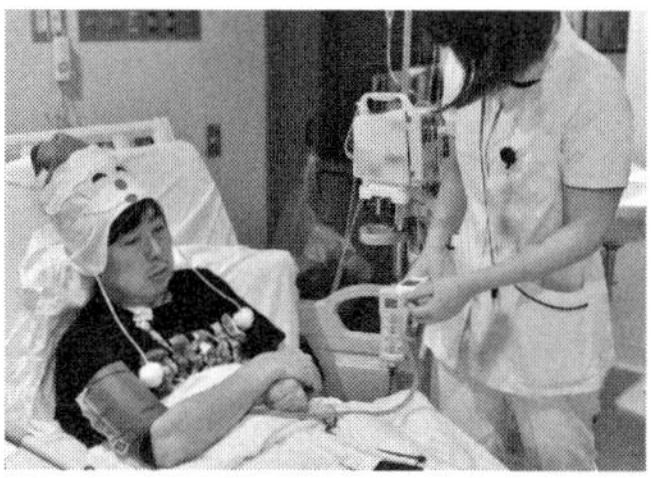

5章 治療とQOL

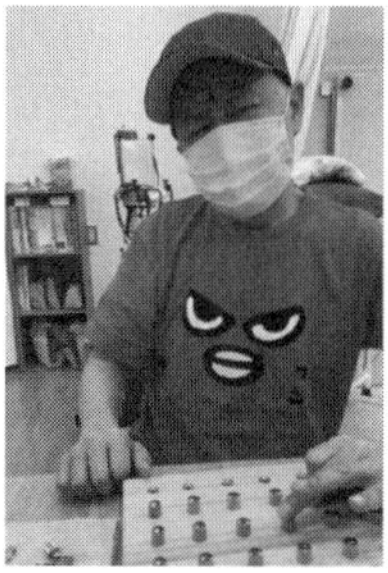
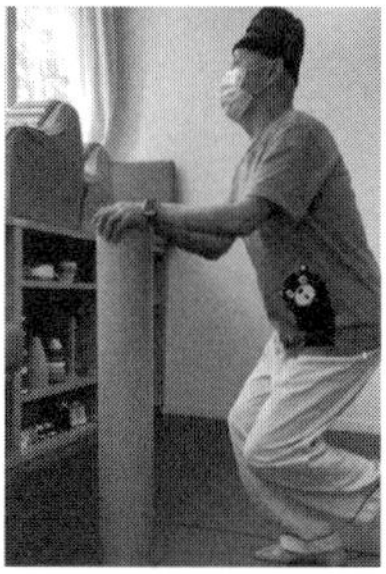

13　看護師さんの名を覚えよう

名前を覚えて仲良く　やりとりが支えに

「あの、漏らしちゃったみたいなんですけど」

入院20日目の夜でした。気づいたら布団がびっしょり。大量失禁です。

担当の看護師Hさんはすぐさま状況を把握。「大丈夫ですよ」とほほ笑みながら信じられない一言を口にしました。

「泌尿器の調子がいいんですね」

ベッドメークをしながら私をほめてくれたのです。完璧な返しです。抗がん剤の効果で私の排尿障害が改善したことを念頭に、「恥」を「誉《ほ》め」に転換。さすがプロ。あの一言は本当に救いでした。

看護師さんのことを「白衣の天使」と言いますが、がんで入院中の4カ月半、私は〝天使以上〟を感じました。

コロナ禍で誰も見舞いに来られない今の時代。私を担当してくださった22人の看護師さん（男性も女性も）との日々のコミュニケーションが心の支えだったのです。

まず、私の体調を支えてくださったこと。抗がん剤治療中は、いろんな副作用に苦しめられます。特に夜中の体調不良は眠れないので苦しかった。そんな時、駆けつけてくれた看護師さんが対応策を考えてくれました。その的確な指導によって何度救われたことか。私の病院の看護師さんたちは、皆勉強熱心。抗がん剤に関する知識が豊富で安心して相談できました。驚いたのは、真夜中に薬を持ってきてくれたことです。もちろん看護師さんは薬を処方できません。しかし、事前に担当医が出しておいてくれた薬から選ぶことはできるんです。そのチョイスがいつも素晴らしかった。看護師さんがいれば安心と思うことができました。

味覚障害で病院食が食べられなくなった時は、大好きな「ペヤングソースやきそば」だけは食べていました。すると、手つかずの病院食を片付けながら看護師さんたちが「すごーい。ペヤング完食ですね」と拍手をしてほめてくれたんです。とにかく食べることが大切なんだ、と大変な力づけになりました。

入院した経験のある方ならお分かりだと思いますが、毎日顔を合わす看護師さんたちとどれだけ親しくなれるのかが、快適な入院ライフを送る近道です。

その「裏技」は看護師さんの名前をいち早く覚えること。いつまでも「すみません」とか「看護師さん」と呼んでいるのでは、精神的な距離は縮まりません。

私は、入院日誌の最終ページを医療スタッフ名簿にして、看護師さんが来るたびに名前を聞いて書いてとにかく覚えました。

ノートには、先生4人、看護師22人、研修医7人、リハビリの先生3人、薬剤師2人、栄養士1人、お掃除の女性1人、計40人の名前がごちゃごちゃ書いてあります。

そして積極的に名前を呼ぶようにしていました。

そのうち、病室に入ってくる時の声だけで「○○さん」と分かるようになり、皆、うれしそうに驚いていました。

こうなってくると「看護師さん」という職業ではなく、22人、個人個人の個性が見えてきます。ひたすら優しい人、オープンで楽しい人、寄り添うのがうまい人、厳しい人などなど。

病室に家族がいる時は「○○さん、三男です」「看護師の○○さんだよ」と必ず私が間に入ってお互いを紹介しました。こうすることによって、付き添いの家族も、看護師さんと親しくなれていろんなことがスムーズに進むようになるんです。皆さんもぜひ試してみてください。

14 自らリハビリを希望

楽しくしゃべる　心が回復する時間

あれは、私が入院をして2カ月たった頃でした。私は自らリハビリを希望しました。1カ月ほど入院した方なら分かると思いますが、入院をすると本当に足腰が信じられないくらい弱くなり衰えます。抗がん剤の副作用で、倦怠感《けんたい》や食欲不振は予測できましたが、それは思いもよらなかったこと。

この日、入院以来初めて階段を使ったのですが「階段を下りられなくなっている！」。膝が抜けてしまい、手すりをつかんでいないと進めない。要介護の高齢者のようなんです。うまくいけばあと2カ月で退院。でもこのままではダメだ。

私のSOSにやってきたのはリハビリの若い男の先生（理学療法士）でした。先生によると「リハビリをしたい」と自ら名乗り出るのはとても良いことだそうです。急速に衰えがみえる患者さんは入院病棟から連絡が入るそうですが、私のように若く、体調が悪くてもよくしゃべる患者は（笑）、見落とされがちで、リハビリを始めるタイミングが遅れてしまうこともあるそうです。私自身、普通に歩けるしベッドでの寝起きも入院前の方が厳しかったくらい。しかし、リハビリの最初のテストで、唖然《あぜん》、茫然《ぼうぜん》。

先生に「床におしりを付けて座ってください」「そのまま立ってください」と言われたのですが…立てない！　そんなバカな！　考えてみれば、病院は筋力を使わずに快適に過ごせるようにできている。それが落とし穴。

その日から、リハビリが始まりました。最初は病室で立ったり座ったり、抗がん剤の副作用できつい時は寝転んだまま、いろんなリハビリをしました。コロナの状況が少し良くなると、リハビリセンターでバイク！　きついけど、何よりの気分転換でした。

実は手指のしびれも激しくなりました。ペットボトルのふたが開けられない。交流サイト（SNS）の発信のためにキーボードを打つのも厳しい。爪切りも使えない――。なんだか、人としてダメになっていくようで落ち込みましたが、悩みを打ち明けると別の専門の女性の先生（作業療法士）が手指のリハビリのために来てくれることに。ねじを締める、ゴムの球を何度も握る…細かい作業が続きます。

「大変だな」と思うでしょ？　違うんです。もうリハビリが楽しくて仕方なかった。今も続くコロナの面会制限。２人の先生と30分ずつ1時間にわたるリハビリの時間は私にとって、筋力以上に、「心のリハビリ」の時間だったのです。

看護師さんたちは、本当に心の支えになってくださいました。しかし、皆さん忙しく、3分もお話ししてるとすぐに「ピンポーン」と呼ばれてしまいます。しかし、リハビリの先生はそれぞれ30分、確実に一緒にいるのです。ほんとにいろんなお話をしました。言ってみれば看護師さんは、やさしく忙しいユニクロの店員さん。リハビリの先生は美容師さん。美容師さんにはプライベートな話をして、スッキリしますでしょ。あの感覚なんです。「なんで土、日は来てくれないんですか？」と訴えてしまうくらいリハビリの時間は楽しいものでした。つらく平凡で孤独な入院生活のさなか、明日の自分をつくるために行うリハビリ。それは私の精神状況を確実に豊かなものにしてくれました。治療とは別の、陰の存在かもしれませんが、私は理学療法士と作業療法士、３人のリハビリの先生に心から感謝しているんです。

コロナ禍になって、リハビリの先生たちの存在は非常に重要でかけがえのないものになっています。どれだけの患者さんの心を救っていることでしょう。全国のリハビリの先生たちに敬意を表します。

15 アピアランスケアを知っていますか

眉毛が抜ける！　必死でメーク練習

あれは、６回目＝最後の抗がん剤治療を行っていた頃。入院期間も４カ月を過ぎて、もう少しで退院かなと、外に出ることを待ちわびていました。すると、眉が、眉毛が抜けてきたのです。抗がん剤による脱毛の恐怖は有名です。私も１カ月で頭がつるつるになりました。当時「眉も抜けますよ」というコメントが、がん経験者の皆さんから私のブログなどに寄せられていました。でも、眉は４カ月間黒々と生え続けていたので、私は「抜けない派」だと考えていたのです。油断していた分、ショックも大きかった。

そして、「とくダネ！」から「退院したので、リモートで出演してください」とのオファーが…。え！　眉が全部抜けたこの顔でテレビに？　だって、本当に人相が悪くなるんですよ。裏社会の人みたい。

「これから、この顔でタレントとしてやっていけるのか？」と焦りました。

何事にも前向きな私でしたが、「眉事件」は結構こたえました。すると、妻が「眉は描けばいいじゃない」と言うのです。メークというより、お絵描きです。なんだか、福笑いのような顔（笑）になりましたが、
「これでいけるかも!!」と、ストレスが大幅に軽減したのです。

実は、こうしたがん患者の見た目（外見）の問題は「アピアランスケア」と言って、がん治療にともなう外見の変化による気持ちのつらさを和らげる方法として近年クローズアップされています。

入院中、先生や看護師さんは「大丈夫ですよ」「また生えてきますから」とニコニコ顔でした。退院後、ある高名ながんの先生にその話をしたら、「眉が抜けることを患者さんたちはそんなに気にかけているんですね。命とはまったく関係ないのであまり気にしていませんでした」とのお答え。長年、先生方にとっては、患者の見た目の変化は治療とは関係ないものだったのでしょう。

以前と比べてなぜ外見を気にする患者さんが増えてきている

のか？　それは、現役世代のがん患者は、私のように社会復帰する方がとても増えているから。さらに働きながら、子育てしながら入院せずに抗がん剤治療を受けられる時代になったからでしょう。

加えて今は治療中のＱＯＬ（クオリティー・オブ・ライフ＝生活の質）を上げることが、治療効果を上げることにつながるという考え方になってきています。

国立がん研究センターには、がん治療による外見変化をケアして、自分らしく日常生活を送れるようサポートしてくださる「アピアランス支援センター」があります。民間では、治療などで見た目を良くするがん患者のための「アピアランスクリニック」や、かつらやメイクなどの相談にも乗ってくれる「アピアランス美容室」も開業されていて、がん患者の皆さんの心の支えになっています。

全然知りませんでした。がんの治療による外見の変化は、我慢するものと思ってました。我慢しないで、相談する。そして整える。がん患者も自分らしくあるために自ら動く時代になったんですね。

これも後で知ったのですが、男性のがん患者向けに、眉の描き方を紹介する資生堂のユーチューブ動画もありました！　知っていれば、もっといい男で出演できたのに。

16 問題は入院中の「食」

味覚障害に〝対抗〟、カップ麺もOK

「ペヤングソースやきそばが大好きなんです」。中日新聞社で開かれた講演会で私がそう話すと、会場がドッと沸きました。大量の抗がん剤の副作用の影響で、入院中に病院食を食べずに、インスタント麺を食べていた話をしたからです。

当時、妻はそんな私を見つけると「またインスタント！　バランスの取れた病院食をちゃんと食べて。体に悪いから」と注意してきました。でもね、がんなの。もう体は十分悪いんです。何食べたっていいじゃないですか。

それが患者の本音。抗がん剤の副作用は、食欲不振、嘔吐《おうと》、味覚障害、むかつき、口内炎…と食事の障害となるものが多い。

味覚障害も困りました。私の場合は何でも甘く感じてしまって、特に白米が食べられない。また味の感覚が弱くなるので、味の濃いものが食べたくなるんです。実は、悪性リンパ腫の良いところは（良いところって変ですが…）、基本、火を通してあれば何を食べてもいい。食欲もなくなるので、どうしても好きなものを食べたくなる。そうなると食事の内容は偏ってきます。でも看護師さんたちは、病院食を全く食べなくても、代わりに何か食べていれば（それがハンバーガーショップのジャンクフードでも）ほめてくれました。

そうなんです。食欲がほとんどなくなる患者にとっては、とにかく口から食べることが大切なのです。それが自分の好きなものならストレスは減っていきます。それでいい！それが入院のＱＯＬ（クオリティ・オブ・ライフ＝生活の質）を上げることにつながるのです。

しかし、私たち「昭和患者」は病院食を食べないことに罪悪感を持ってしまいます。なぜなら、小学生時代に「給食の牛乳を全部飲まない人は、昼休みに校庭に出てはいけません」などと先生に言われて、自分が、友人が、泣きながら牛乳を飲み干したという経験をしているからです。

過去は忘れましょう。抗がん剤で食に苦しんでいる人は、そんなにストイックになることはないと思います。私に言わせれば、栄養のバランスは健康な人が実践すればいい！令和時代のがん患者は必要以上に我慢しなくていいんです。禁止されているもの以外は、好きなものを好きなだけ食べる。私はそうやって４カ月半の入院生活を乗り切りました。

次の抗がん剤が始まる3～5日前はかなり食欲が回復します。そんな時、息子たちや若い番組スタッフには、マックや吉野家の牛丼を買ってきてもらいました。おいしかった。一方、上司や羽振りのいい友人には、「焼き肉！」「うなぎ！」と少々値の張るモノを頼みました。すると、叙々苑の焼き肉弁当（5千円！）や、うなぎがこれでもかとのっているだけでなく、ご飯とご飯の間までうなぎが敷いてある老舗店のスペシャルうな重弁当（1万円！）が届きました。そんなの食べたことなく幸せでした。

そうなんです。「お見舞い何がいい？」と聞かれたら、「なんでもいい」「その気持ちだけで十分」なんて遠慮する必要はありません。欲しいものを正直に！　だって、こっちは命と向き合ってるんですから。その結果、うれしいお見舞いが届いたら「がんになって悪いことばかりじゃない」と思えるかもしれません。

ですから、お見舞いを頼まれた人は、リクエストの2ランク上の差し入れを考えてくださるとありがたいです。入院患者は、そうしたことでモチベーションが上がるのですよ。

17　病院食をカスタマイズ

栄養士と相談　食べたいものを

病室に入ってくるなり、妻が「今夜は餃子《ギョーザ》パーティーよ」と楽しそうに言いました。抗がん剤の副作用で食欲がほんとに減退します。私は丸1日何も食べなくても大丈夫でした。しかし、それでは体重が減るばかりで、抗がん剤に耐えうる体力が失われます。内臓がんの方には申し訳ないのですが、私たち血液がん患者は「禁止されている食べ物以外は、好きなものを好きなだけ食べる」「食事のバランスは健康な人が考えることさ」。これでいいんです。

私は「味覚障害」に悩まされました。味があまりしないので、味の濃いものが食べたい。そこで、勤務中の妻に「餃子が食べたい」とリクエスト。妻は、デパ地下で有名なお店を回って4種類のおいしそうな高級餃子を買ってきてくれました。病室での食べ比べ大会。こういう単純なことが患者の気分を上げるのです。その味は、今でも忘れられません。

どんな味だったのか？　その結果は…全部同じっ！　どれも醤油《しょうゆ》とラー油の味しかしない（涙）。これが味覚障害です。すると妻がすかさず
「よかったじゃない、これからは一番安い餃子でいいんだから」（笑）。

そんな差し入れは、ほんとに楽しいのですが、大事な主食はやっぱり病院食。でも、食べたくないんです。特に白米が…。それでも根性で食べるのが「昭和患者」。でもね、私たち令和時代の患者は我慢しすぎることはありません。どんどん栄養士さんを呼んで相談しましょう！
「ハーフ食」って知ってますか？　量を半分にしてカロリーを2倍にする病院食がある。今はそんなことができるんです。さらに、「白米が嫌になりました」と言うと
「何が食べたいんですか？」
「パンと麺類！」

相談の結果、朝は毎食パン（うれしい！）、白米は昼のみ（やった！）、夜は毎日麺類（最高！）。病院食は学校給食とは違います。患者全員が決められた食事を取る時代ではないんですね。食事ごとに注文は受けられないけど、病院によっては計画的な変更は可能。ぜひ、栄養士さんに相談してみてください。それは、「こんなものは食えん！」というわがままとは違います。一方で、高齢の男性は「我慢することが美徳」と考えている人が少

なくないので厄介です。栄養士さんを呼ぶと「余計なことをするな！」なんて言いかねません。

そんな時はご家族がこっそり栄養士さんに相談を。

18 QOLを向上させる

我慢せず「痛い！」　わがままじゃない

「痛みスケール」をご存じですか？

近年入院した方や、そのご家族なら体験しているかもしれません。「痛みは1から10で言うと、いくつですか？」。そう言って痛みの確認をする病院が増えてきています。私もそうでした。

医療の中での新しい考え方「QOL＝クオリティー・オブ・ライフ＝生活の質」。患者に身体的な苦痛が生じていたり、病気や治療で精神的なストレスを感じていたりする場合、「QOLが低下している」と表現します。

今の医療の考え方は「病気を克服するためには、『QOLを向上させる』ことが重要」。QOLが向上した患者には治療効果がみられ、延命効果があるという海外の研究報告もあるそうです。

随分昔にも入院したことがあるのですが、当時は「具合はどうですか？」「痛みはありませんか？」と聞かれていましたし、それが一般的でした。そんな時、「昭和患者」は間違いなくこう言います。「おかげさまで」と。皆さん言ってませんか？

痛みを感じていても我慢して感謝を示すのが昭和患者。でも、先生や看護師さんは、それが困ると言います。

昭和患者の皆さんは、病院や医師、看護師さんに迷惑をかけまいと我慢し、それが美徳だと思っている方がとても多い。私も痛みが8あるのに「5です」と言ってしまったことがありました。若い看護師さんに「ヤワな男だと思われたくない」というちっぽけなプライド。

しかし、今の医療は「痛み8」なら8の緩和医療、5なら5の緩和医療があるので、我慢する（＝嘘をつく）と、「3」ＱＯＬが低下するのです。

「お父さん、ここは病院なんだから、わがまま言わずに、おとなしくしてるのよ」なんていうドラマを私たちは見過ぎてきました。

「わがまま言わず」ではなく、「正直に伝える」。そして「我慢しない」。

これが令和患者の基本姿勢。そのために、今の自分の状況を正しく冷静に正直に先生や看護師さんたちに伝える。それが今、最もよい治療をしていただくためのコツなのです。

抗がん剤の3大恐怖は（1）脱毛（2）嘔吐《おうと》（3）倦怠《けんたい》感などといわれることもありますが、私が一番恐れていたのは「嘔吐」でした。病気や二日酔いでの体験がほんとにつらかったから。しかし、大量の抗がん剤投与でも、私は4カ月半の入院中一度も吐きませんでした。5年前、10年前の先輩がんサバイバーにこの話をすると皆とても驚きます。当時は毎食吐く、吐くから食べる、食べるから吐くの繰り返しで体力がどんどん消耗してゆくのが一般的でした。

では、私はなぜ吐かなかったのか？　今の時代、抗がん剤と同じように素晴らしい副作用止めの制吐剤（吐き気止め）が開発されているからです。

高齢の方は、嘔吐の苦しみから逃れたいために抗がん剤治療をやめてしまう方もいます。しかし、私は副作用止めのおかげで治療中のQOLが向上したため、がんという病にしっかりと向き合うことができました。制吐剤をいくら投与しても、がんは一つも減りません。しかし、吐かなければ、体力を消耗せずに済み、抗がん剤が続けられる。QOLが上がると病気に立ち向かう気力が生まれるのです。

確かに、副作用止めが体に合わず、苦労している方がいるのも事実です。そうした患者さんのQOLを少しでも上げようと、今、医療従事者の皆さんは闘ってくれています。

がん患者にとって「食」は大きな問題。コロナ禍で家からの食事の差し入れができない病院があると聞きます。本当に大変な時代になりました。そんな時は、病院のコンビニで好きなものを買って食べちゃいましょう。ＱＯＬが上がりますよ。

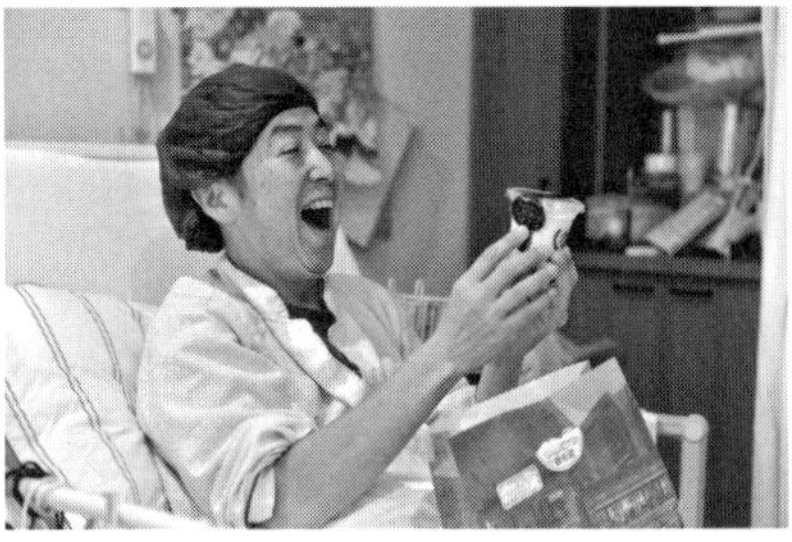

19　どうする。最悪の年末年始

「良いお年を！」　心からエール

「あけましておめでとうございます！」

　2020年1月1日、そんな挨拶とともに家族が病室にやってきました。「がん闘病で入院中の人に向かって『おめでとう』は失礼じゃないか？」。確かに最大限配慮すればそうかもしれません。でも身内です。そこまで気にしていたら病室は常に静粛に、暗くしていなければなりません。患者だってお正月は、やっぱりお正月らしく迎えたいもの。だったら「おめでとう」でいいじゃないですか。

　さらにうれしかったのは、妻がミニお節料理を作って小さなお重に入れて持ってきてくれたこと。それだけじゃありません。

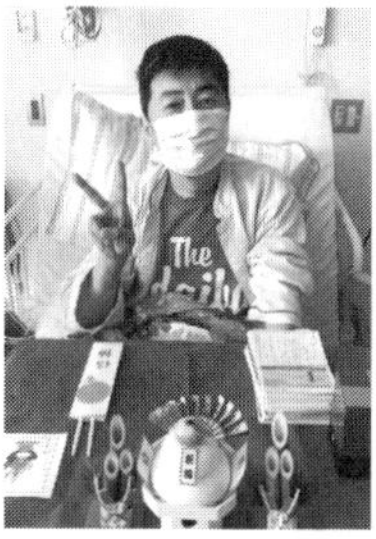

写真を見てください。赤い敷布や祝い箸も、そして家に届いた年賀状。がんになったことを知っている人、いない人、すべてうれしかった！　がん患者にだって年賀状は出してほしいと私は思います。気になるなら「おめでとうなんて、ごめんなさい」と一言添えて…。

なんかサザエさんちの食卓みたいで、「いつもの正月よりもお正月っぽいじゃん！」とＱＯＬが上がりました。

そうなんです。まわりの人達も患者のＱＯＬを上げることができるんです。家族はクリスマスイブにはプレゼントを持ってきてくれて、元日にはお正月セット…。これがどれだけうれしかったことか。病室で息子たちにお年玉もあげたんですよ。

写真の鏡餅と門松は…１００円均一です（笑）。入院する時にダイソーに寄って自分で買いました。今考えると、全身の痛みで入院時は車いす状態だったのに、よくそんなことを思い付いたなと我ながら感心してしまいます。まあ、その直後に「ステージ４」と聞かされて、闇に突き落とされるんですが、後で「あの時に買っといてよかった！」と心の底から思いました。

４カ月半の入院生活で強く感じたことは、「治療中はいつも以上に年中行事をしっかりやろう！」ということです。クリスマスや年末年始に病室に閉じ込められていると、本当に悲しくなります。だからこそやるんです。

節分も、バレンタインデーもお花見も、みんな病室の中でやりました。そして次男の自宅での誕生会はオンラインで参加して一緒に「ハッピーバースデー♪」を歌いました。それがどれだけ生きる力になったか。コロナで誰もお見舞いに来られない中、「家族の力」はとても重要なのです。

入院患者にとっては年越しも厳しいもの。おおみそかはやっぱりさみしい。でも、私は入院当時、ブログにこうつづっていました。

【やっぱり私も日本人なんですね。無性に「年越しそば」が食べたくなって、作っちゃいました。カップめんの天ぷらそば。今年は、本当に、自分の人生にとって最大の危機が訪れた年でした。絶望的な時間を過ごす中でも、どこかに楽しみを見つけようと努力してきました。

来年は、このどん底から、はい上がる年にしなくてはいけません。がんとしっかり向き合って、克服して、必ずや「復活」の年にしたいと思います。良い年にしますよ。みなさんも、良いお年をお迎えくださいね。】

厳しかったはずなのに…一生懸命前を向こうとしていた自分の姿に驚かされます。

20 〝わたし流〟QOL向上術10カ条

入院の日々を支えてくれたもの

「生きる力～がんステージ4からの生還」と題した講演会で、最後に主催者の方が「令和時代は治療とともにQOLが大切だということがよく分かりました」と、言ってくださいました。私も入院前は治療のことばかり考えていましたが、がんの長期入院でQOLの重要性を知りました。そこで、私流のQOLの上げ方をまとめてみました。

(1)【好きなものを好きなだけ食べる】　抗がん剤治療中は、無理に病院食を食べなくていい。禁止されているもの以外は、なんでもいいから食べたいものを口から食べる。「栄養のバランスは健康な人がやればいい」というのが持論。

(2)【脱毛した時は帽子でおしゃれ】　いろいろな帽子をかぶって楽しみました。ウィッグにもチャレンジ。値段が高いのが玉にキズで、私は購入を断念しましたが、ウィッグで新たな自分の魅力を見つけた女性も。

(3)【眉は抜ける前に描く練習】　男性向けにも、資生堂のホームページに脱毛した時の眉の描き方の動画があります。こうしたがん患者の「見た目」を整えることは「アピアランスケア」といって新しい考え方。抗がん剤治療を「通院」で行う患者さんが多い現在、肌やむくみなど見た目を気にするのは当然で、専門のクリニックや美容室もあります。

(4)【リハビリを受けよう】　先生と長時間一緒にいられるので会話が楽しめる。コロナ禍でのリハビリは「孤独解消」の意外な効果がありました。

(5)【病室に無料Ｗｉ－Ｆｉを】　入院中、無料Ｗｉ－Ｆｉが使えて快適だったという声が、私たちがつくった団体「#病室Ｗｉ－Ｆｉ協議会」に多数寄せられています。頑張ってさらなる普及を目指しています。ＳＮＳで発信してみるのもいいですよ。

(6)【がん保険に入っているか？　がん特約はついているか？】　今のうちに確認。お金の心配が少なくなると、家族も笑顔になります。実は私、追加で保険に入った4カ月後にがんになったのです。保険金いただけました。

(7)【看護師さんの名前を覚えよう】「患者さん－看護師さん」の関係から「笠井さん－鈴木さん」と呼び合う関係になると、コロナで誰も見舞いに来ない中、入院中に友人ができる感覚でとても気持ちが楽になります。

(8)【痛みを我慢しない】我慢することが美徳と考える「昭和患者」「昭和家族」は時代遅れ。正直な気持ちを丁寧に伝えることは、わがままとは違うから大丈夫。

(9)【がん相談支援センターを利用しよう】全国の約450のがん拠点病院にある無料のがん相談窓口。患者でなくても誰でも「こんな相談していいのかな」ということまで答えくれます。

(10)【年中行事をしっかりやろう】日本人は、盆・暮れ・正月、やっぱり季節ごとのイベントが大好き。がん治療中だからといってやめないこと。特にご家族が頑張って盛り上げてあげましょう。

これらは、すべてQOL＝治療中の「生活の質」の向上につながります。治療中はストレスをなるべく少なくしてQOLを上げると、病と向き合う「生きる力」を得ることができる。頑張ろう、生きようという力を得ると、治療に効果が表れたりする。

よく「笑うと免疫が上がる」といいますが、QOLが低いと、笑う気にもなりません。患者さん本人も、そしてそれを支えるご家族も、どうすればストレスの少ない生活が送れるかを考え実践することで、治療中も穏やかに過ごしやすくなります。「先生や看護師さんにおまかせします」ではなく、自分でQOLを上げようと工夫するその意思と家族の支えが、ストレスを下げ、がんと向き合う力になるのです。

専門家に聞く④

治療中の食事は…
患者　味覚の変化　分かって
管理栄養士　わがまま言っていい

笠井さんの連載で、特に反響が大きかったのが、「食」に関する内容だ。「よくぞ言ってくれたと思った。心のモヤモヤがスーッと晴れた」。そう話すのは、乳がんで闘病中の岐阜県の女性(46)だ。治療中は食べたい物を食べたらいい――。そんな笠井さんのアドバイスに、大きくうなずいたという。

抗がん剤治療後は、胃がもたれ、味覚障害のため濃い味付けでないと味が分からない。そんな中、家族からは「がんを治すために、栄養バランスの整った食事をするべきだ」と言われ、つらかったという。「闘病生活を支えてくれていることを思うと申し訳なくて、家族には本心を言えなかった」と振り返る。

だが、笠井さんの連載を夫にも読んでもらったところ、「今まで理解していなくて、ごめんなさい」「これからは食べたい物を食べてね」と言ってくれた。翌日には、前から行きたいと願っていたファストフード店へ。「久々のハンバーガーがとてもおいしかった」

愛知文教女子短期大（愛知県稲沢市）准教授で管理栄養士の有尾正子さん（54）は「治療中は、口から食べることが病状の改善につながる。食に関して、わがままをいっぱい言ってほしい」と話す。食べ物の相談は、各病院の管理栄養士が対応してくれる。白米に食欲が湧かない時は、パンや麺類に変更してもらうなど、食べたい物の希望を伝えてみるといいという。

がんで亡くなった有尾さんの父親も入院中、サンマや、もなかなどの好物を食べたがった。有尾さんは、サンマを塩焼きにして、身をほぐして食べさせた。笠井さんの連載を読み、父親の喜ぶ姿を思い出したという。

栄養士を目指す学生らを指導している有尾さんは「笠井さんの連載は、患者目線で寄り添い、柔軟に対応することの大切さを改めて教えてくれた。学生にも伝えていきたい」と話す。

カップ麺　先生の〝推薦〟

笠井さんの連載に共感し笑いながら読んでいます。私も同じ悪性リンパ腫の先輩患者です。一番共感したのが食べ物の話。笠井さんは抗がん剤治療で食欲がない時に食べられたのがペヤングでしたが、私は金ちゃんヌードルでした！　なんと、主治医の先生にすすめてもらいました。「病院食は無理して食べなくてもいい」「食べたい物を食べられるだけ」と言われ、治療のせいで痩せたくないというプレッシャーから救われました。あと、マックのチーズバーガー。この世で一番おいしい！　と感じました。これからも楽しみに連載を読ませていただきます。

＝名古屋市・中村明美（51）・22／9／6

ノンアルビールと闘病

10年前に大腸がんの手術を受けました。入院中はなるべく日常と同じ生活、平常心を保つことを意識しました。主治医に許可をもらった上で、冷蔵庫にはノンアルビールをキープ。夕食時に飲んでいました。闘病中に楽しみを持つことはとても大事だと思います。その後、再発はしていません。人工肛門になりましたが、国内外の旅行にも行きました。

＝愛知・女性（72）・22／9／6

食べられる喜び実感

私の義妹は膵臓《すいぞう》がん発症後、わずか半年ほどで亡くなりました。すでに転移があって手術できず、ほとんど口から食べることができませんでした。それでも亡くなる2カ月前には生きる目標にしていた子どもの結婚式に出席でき、少しだけごちそうを食べることができたそうです。笠井さんが連載で書かれてきたように、病院食以外に、好きなものを食べることができるのはすばらしいことです。一方、病状や部位によっては何も食べられない人もいます。食べるありがたさや喜びを改めて実感します。

＝岐阜県山県市・女性（66）・23／1／24

小さな幸せが支えに

毎回、全く同感という気持ちで読ませていただいています。昨年2月に食道がんと診断され、入院中は小さな幸せを見つけるようにしていました。院内のコンビニでカップ麺を買ったりアイスを食べたり。たわいないことでも十分でした。まだ完全にがんは消えておらず治療は継続中です。それでも医療の進歩と適切な治療をしてくれた先生方に感謝するばかりです。妻の助けを頼りに頑張ります。

＝愛知県半田市・男性（71）・23／1／24

痛みの我慢　やはり禁物

笠井さんが痛みについて書いていましたが、私も痛みは正直に伝えるのが一番だと思います。一時的な人工肛門を着ける手術を受けた時のことです。痛みを感じ、数日は様子をみていましたが、その後、医師と看護師に伝えました。その結果、痛みの原因は菌が繁殖していることだと分かり、膿《うみ》を吸い出す治療を受けました。もし、あの時我慢していたら大変なことになってしまっていたかもしれないと思います。

＝愛知県岡崎市・森田康栄（70）・22／12／13

経過観察中　感謝の新年

耳が遠いですが、いつも「がんがつなぐ足し算の縁」を愛読しているので、思いをつづりファクスで投書しました。

昨春、悪性リンパ腫だと分かり、動揺しました。抗がん剤治療を受け、2カ月ほど入院しました。副作用の嘔吐《おうと》が心配でしたが、夜中に見回りにきた看護師さんが「吐き気止めの薬を飲んだから大丈夫。安心して休んでください」「何かあったら我慢しないでナースコールしてください」とやさしく声をかけてくれたので眠れました。

便秘に悩まされましたが、解消した時は看護師さん10人ほどが「良かった」「おめでとう！」と拍手して一緒に喜んでくれました。

入院中の食事はおいしくて、いつも完食。記念にもらったメニューは妻が料理の参考にしています。味覚障害があったので妻が味付けを工夫してくれました。
今は経過観察の状態です。たくさんの人たちにお世話になり医療の進歩のありがたさも知りました。心配をかけた妻や娘たちにも感謝しながら新年を迎えたいと思います。

＝愛知県知多市・清水豈明（85）・22／12／27

6章 小児がん・AYA世代のがんを知ってほしい

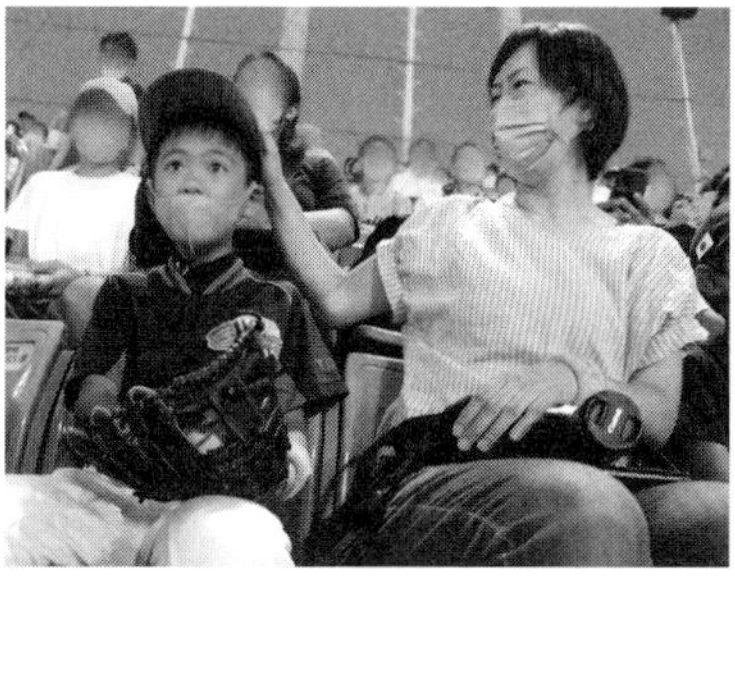

21 本人に告知できない「小児がん」

「晩期合併症」親の深い悩みは続く

がんは年齢を選びません。赤ちゃん、幼稚園、小学生、中学生もがんになります。それが「小児がん」。0歳から14歳までのお子さんのがん。親御さんの悲しみと苦労も計り知れないものがあります。私自身、自分ががんでよかったと、息子たちでなくてよかったと病床で考えましたから。

では、その上の15歳から39歳までの若い人たちのがん「ＡＹＡ【Adolescent and Young Adult（思春期・若年成人）の略】世代のがん」を知っていますか？

私は59歳でがんになりました。「少々短いが、なりたかったアナウンサーにもなれたのだからジタバタせずに死を受け入れよう」と自分を納得させた時期もありました。

しかし、ＡＹＡ世代の皆さんは納得なんてできません。進学・受験・卒業・就職・恋愛・結婚・出産・子育て…さまざまな人生の節目を迎える時期にがんになるって、どれだけのショックか。

理解を深めてもらおうと、小児がんやＡＹＡ世代のがんはさまざまな啓発活動が行われています。

毎年9月は「世界小児がん啓発月間」。東京スカイツリーが小児がんのテーマカラーである金色にライトアップされ、22年9月13日には、小児がんのお子さんとご家族50人を招待して、「ゴールドリボンナイター」ヤクルト－巨人戦が開催されました。私も参加しましたが、なんとこの日、ヤクルトスワローズの村上宗隆選手が、王貞治さんに並ぶ「年間55号・日本人選手最多本塁打記録」を達成したのです。素晴らしい活躍に、がんの子供たちはどれだけ励まされたことでしょう。

この日、ある親御さんから「子どもに小児がんと告知していないので、小児がんイベントには参加できません」と連絡が入ったそうです。

ハッとさせられました。がんの授業で小学校に行くと、小学生はテレビドラマなどで「がん＝死」と思い込んでいる子が多いことを思い出しました。子どもに「小児がん」と伝えられないという親御さんの気持ち、痛いほど分かります。

私は毎年、小児がんやＡＹＡ世代のがんの啓発を目的としたアイドルコンサート「リメンバー・ガールズ・パワー」の司会をしていますが、ゲストとしてステージに登壇した小児がんサバイバーの男性も、中学時代は別の（うその）病名を教えられていたそうです。

しかし、高校になってネットで自分が白血病であると確信。今度はそのことを親に隠しました。

すると、治療が終わった頃に親から本当の病名（白血病）を教えられ、「知っていたよ」と伝えると逆に「なぜ黙ってた」と叱られたそうです。理不尽な話のようにも思えますが、ご両親は子どもに秘密にしていたことがとてもつらかったのです。小児がんは親も子も本当に大変だと改めて思います。

この日、イベントの始球式でマウンドに立ったのは、小学3年の佐野祐晟《ゆうせい》くん＝写真115ページ。小児がん経験者です。立派に素晴らしい球を投げ、大きな拍手がわき上がりました。球場にいた多くの人が、「小児がんを乗り越えるとこんなに元気になるんだ」と感じたに違いありません。国立がん研究センターによれば、ここ数十年の医療の進歩で、現在では小児がんのお子さんの7〜8割が治るようになってきているそうです。スタンドではお母さんが泣いていました。

ところが「学校に戻れたからよかったね」というわけでもないことを最近知りました。小児がんを克服した小学生の男の子に会った際、あまりにかわいいので写真を一緒に撮ったのです。すると、お母さんから「息子は自分のがんのことを知っていますが、学校で友達に言ってないので、ネットに投稿しないで」とお願いされました。がんを克服してもなお、親御さんの悩みは尽きません。私もがんの授業で小学生に教える時に必ず「がんは人にうつらない」という項目を入れています。子どもは純粋すぎて時に残酷だからです。子を守るために親ができることの一つが、そのお母さんにとっては「息子のがんをまわりに知らせない」ということなのでしょう。その気持ち、分かります。

さらに、がんを克服した若い皆さんが直面する悩みの一つが「子どもを持てるのか？」だと知りました。それが「晩期合併症」。私は自分ががんになるまで知りませんでした。

小児がんのお子さんやAYA世代の患者さんは、成長期の薬物療法、放射線治療、手術などの影響で、治療が終了してもさまざまな後遺症に悩まされている方が少なくないのです。子どもが望めなくなるというのも晩期合併症の一つ。そこで10代後半ごろから治療の前に精子や卵子の凍結保存をすることが一つの対策になるそうです。

しかし、親御さんは子どもの命を守るために決断すべきことが多すぎて、我が子が子どもをつくるための凍結保存まで気が回らないことがあるそうです。

先日話を伺った元小児がんの方は、子どもを授かって無事出産。ご両親が「小児がんだったので、まさか孫を抱けると思わなかった」と大変喜ばれたそうです。ほんとに、小児がんやAYA世代がんのお子さんや親御さんの苦労はどれほどのことかと感じるのです。

22「AYA世代のがん」両親の願い

「反響編」企画記事の誕生

連載を続ける中で、連載編集担当の細川暁子記者は、私のがん体験だけでなく読者の皆さんのがん体験もお伝えすることが大切だと感じるようになりました。

皆さんの投書のあまりに濃い内容に感銘を受け、細川さんは「反響編」という企画記事を立ち上げたのです。やはり記者です。投書で縁のつながった読者の皆さんを細川さんが取材し、記事を書きました。

まず初めに、ＡＹＡ世代のがん患者、坂野春香さんの記事から…。

もう死にたい、でも生きたい
脳腫瘍と闘った18歳
「私の記録残して」

22／9／13記事

もう死にたい。でも、生きたい―。闘病の苦しさから、坂野《さかの》春香さんの心の針は揺れ続けていた。「私のことを心に刻んで」。心の奥では、そう叫びながら。2020年12月、春香さんは18歳で亡くなった。

春香さんは愛知県江南市で生まれ育った。我慢強くて頑張り屋。幼い頃から絵が得意で、漫画家になるのが夢だった。

異変が起きたのは小学6年の時。「目が見えない」。激しい頭痛と吐き気に襲われながら、大声で叫んだ。救急車で運ばれた先の病院で、脳腫瘍が見つかった。手術で腫瘍を取ったが、その後、悪性の脳のがんだと判明した。

中学1年の春まで抗がん剤治療を受けた。泣き言や弱音は言わなかった。その後は経過観察の状態が続いたが、通信制高校3年だった19年秋に再発。手術することになったが、感覚神経がまひし、障害が残る可能性を医師から告げられた。「二度と字が書けなくなるかもしれない」。そう思った春香さんは、自分のスマートフォンに家族へのメッセージを書き残した。

「不幸とは幸せだと気づかないこと」「どんなところにも美しいものはある」「たとえ私が変わってしまっても『家族は一つ』だしね」

手術後はリハビリに励み、家族でカラオケや初詣に行ったりもできた。父親の貴宏さん（51）、母親の和歌子さん（49）は、ささやかな幸せをかみしめていた。

だが、亡くなる約半年前から、春香さんは追い詰められていった。抗がん剤による吐き気、頭痛に加え、てんかんの発作も起きた。自分で自分を抑えられず、頭を机にたたきつけたり、高い所から飛び降りようとしたり。家を飛び出し、明け方に道路で倒れているのを発見されたこともあった。一時期、精神科にも入院した。「死にたい。どうしたらいい」。ある日、そうつぶやいた春香さんに、貴宏さんはシュークリームを差し出した。「おいしい。生きている意味が見いだせた！」。

春香さんはポロポロ涙をこぼしながら食べた。

その後も「もう限界。早く死にたい」と繰り返す一方で、こう訴えていた。「私の記録を残してほしい。包み隠さず、リアルに書いてほしい。人の役に立ちたい」。自宅療法を続けながら、最期は「すやすや眠るように」（両親）息を引き取った。

貴宏さんと和歌子さんは先月、春香さんの闘病記を出版した。タイトルは「春の香り」。「春香は、自分の経験が誰かの心に響くかもしれない、と思っていたのだろう」と貴宏さんは言う。滝中学（同市）の教師でもある貴宏さんは、思春期特有の、不安定さに揺れる子どもたちにも読んでもらえたら、と願う。

和歌子さんは、主治医だった脳神経外科医の夏目敦至さん（51）に本を送った。すると、「周りの人にも読ませたいので15冊を買い取りたい」と夏目さんから連絡があった。「春香さんたち亡くなった患者さんのためにも、治療の研究を続けていく」。夏目さんは心に誓う。

「この本が、届くべき所へ届く、今このご縁にとても感謝している」。和歌子さんはそうつづり、本紙に投稿した。「春香の人生を文章で刻んだ。春香の残したメッセージを胸に強く生きていきたい」。本の売上金は脳腫瘍の患者会に寄付するという。

この記事にも投書をいただきました。

つながる縁

春香さんに勇気もらう

脳腫瘍が原因で18歳で亡くなった坂野春香さんについて知ったのは、私自身の脳腫瘍の再発が分かった直後でした。反響編の記事を読み、春香さんのご両親が出版した「春の香り」を購入して読みました。孫は春香さんのお父さんが勤める学校に通っていました。縁を感じました。

私の脳腫瘍が最初に分かったのは約30年前。これまで3回手術をして症状が落ち着いていただけに、再発が分かった時は落ち込みました。でも、春香さんの思いを知り、私は幸せだと感じ、勇気をいただきました。私はやりたい農業や子育てを終え、好きな短歌に打ち込むことができました。若い春香さんの夢や希望、無念さを思うと胸が張り裂けそうになります。

以前は90歳の夫との二人暮らしの先行きが心配でしたが、万一のことを考えてショートステイの預け先を見つけました。ご両親には、春香さんとの思い出とお体を大切にして、長生きしてくださいと願わずにいられません。

＝岐阜県美濃加茂市・桜井五月（81）・22／10／18

23　最後の力で描いた絵本

世の中のためになることをしたい

「つながる縁」の広がりに、私は動かずにはいられませんでした。「春の香り」（文芸社）というエッセーをすぐにアマゾンで購入し、大変感銘を受けました。そこにはお嬢さんの、ご家族の壮絶な「がん」との闘いが包み隠さず書かれていたのです。「自分はがんを乗り越えました」と書いているだけではダメだと。細川記者に触発されたのかもしれません。

小児がんと向き合った坂野春香さん＝享年18＝のご両親に、愛知県江南市まで会いに行きました。春香さんの遺影の前で、小学6年で悪性脳腫瘍（脳のがん）を発病して高校3年で再発した春香さんの頑張りを、たくさん聞かせていただきました。

小児がんになり高校生になった春香さんは、苦しみの中で「死にたい」と漏らしながらも「世の中のためになるようなことをしたい」と、お父さんと一緒に記録を残すための作業を始めたそうです。共感しました。私も、「なぜステージ4の大変厳しい病状の中で、自分の闘病生活を克明にブログやインスタグラムにあげたり、『とくダネ！』に取材してもらったりしたのか？」とよく聞かれました。それは「自分がこのまま死ねば、発表した記録の価値が上がる」と考えていたからです。

春香さんは、「脳の手術で失語症や右麻痺が残っても、生きたいので腫瘍をすべて取ってほしい。これからは左手で絵本を作ります！」と自分で生きる道を選びました。一方で、覚悟もあったのだと思います。自分は何のために生きているのか、何のために死んでいくのか…。そう考えると、世の中の役に少しでも立つことができないのかと考える気持ち、非常によく分かりました。

春香さんは亡くなる直前に「×《バツ》くん」という絵本を完成させています。失語症になり、てんかんの発作と闘いながら、利き手でない左手で書き上げた絵本です。人を評価し×を付けることが仕事の主人公×くんが、自分の存在価値に疑問を抱きながら、感謝の一言を受けたことを機に…という絵本。春香さんが描いたかわいらしいキャラクターとあいまって強く心に響きました。世界で5冊しか製本されてないなんて、あまりにもったいないと…。

すると、評判が評判を呼んで、その死から3年半、2023年6月に三恵社から「×くん」が出版されたのです。絵が大好きだった春香さんの最期の作品です。
春香さん、あのエッセイ、世の中の役に立っています。
そして、×君も…。命をかけたあなたの作品がやっと絵本になりましたよ。

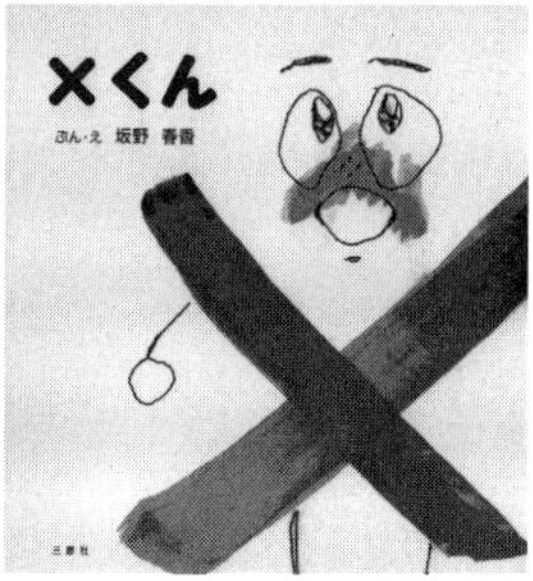

24 ＡＹＡ世代、本人の心模様

葛藤と苦悩の中で前に進む姿

こうした連載の読者は中高年のみなさんが多いのですが、ＡＹＡ世代にスポットを当てた企画記事などにより、若い方からも反響が来るようになりました。

次の記事は、私の縁がさらに広がった瞬間、そこにたまたま細川記者がいて反響編に掲載されたもの。

そしてその次は、細川さんが高校生のがん患者さんと向き合った記事です。

AYA世代　僕らが伝えたいこと

そのままの自分でいい

23／3／28記事

生きる力をくれた笠井信輔さんとの再会。抗がん剤治療中の社交ダンスインストラクター谷口兼一さん（33）は先月中旬、笠井さんが出演した同市内のイベント会場に駆けつけ、涙を流して喜んだ。

血便が続き、検査で大腸がんだと判明したのは昨年8月。その1カ月前には社交ダンスの全日本選手権の若手部門で3位に入るなど元気に活躍していた。手術でがんを切除した1カ月後、肝臓への転移が分かった。

病室に一人でいると、気が狂いそうだった。「このまま死んでいくのかな」。人前で喝采を浴びるダンスの仕事が生きがいだった。でも、もうできない。自分が

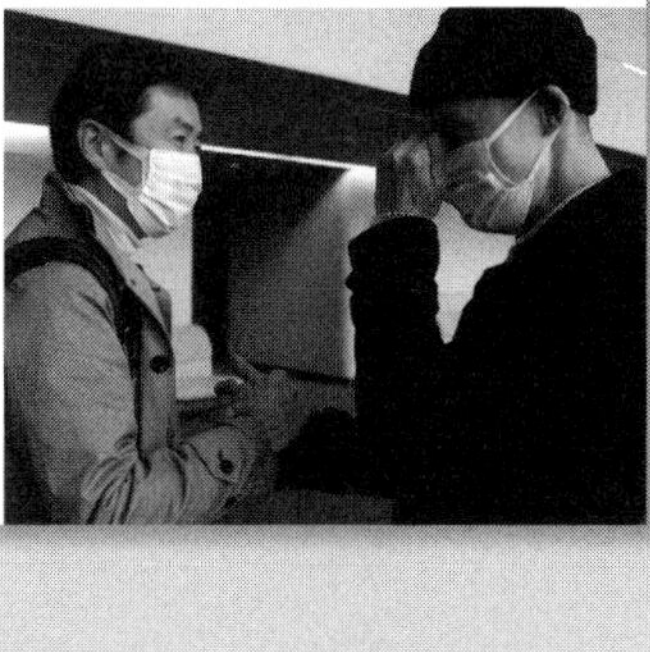

無価値な人間になった気がした。

退院後、懐かしい人たちに会いたくなった。訪ねたのは高校時代のサッカー部の恩師。その時、笠井さんが近々来校することを知った。昔からテレビで見ていた笠井さんには親近感を覚えていた。

昨年10月、母校で笠井さんの講演を聞いた後、「どうしても笠井さんに会いたい」と頼み込んだ。抗がん剤治療を10日後に控え、不安が募っていた。楽屋で話を聞いてくれた笠井さんは「医学は発達している。大丈夫だよ」と言ってくれた。「がんになったからこそ得られる縁がある」とも。笠井さんとの出会いこそが、縁だと感じた。

その後、今度は恩師から、母校の生徒たちに向けての講演を頼まれた。飾らない言葉で、がんになって気づいたことを話した。

「入院中は、ご飯も食べられない。手術したら風呂も入れない。トイレに行けない。立ち上がれない。ただただ痛い。自分は何の価値があるんだと考えもしました。おかげで退院した時に太陽の暖かさ、風の爽やかさ、ご飯のおいしさ、トイレに行ける幸せを感じることができました。普通の日常がどれだけありがたく幸せなことかを知りました」

生徒たちに一番伝えたかったのは、ありのままの自分でいいんだということ。自分自身も徐々に病気を受け入れることができるようになっていった。

当初は高校3年生だけが対象だった。だが、恩師から他の学年や中学生にも話してほしいと求められ、講演会は計4回に及んだ。知人が勤める児童養護施設からも声がかかった。子どもたちに、こう語りかけた。

「今ここにいて僕の話を聞いてくれて、僕と同じ時間を共有してくれて、本当にありがとうございます。生きていてくれて、本当にありがとうございます。ここにいる仲間は、誰一人欠けても、今、この時間はつくれない」

笠井さんとの出会いが前を向くきっかけをくれた。感謝の気持ちを、会って伝えたい――。そう願っていたら訪れた再会のチャンス。笠井さんは手を固く握りながら「よく来てくれたね、頑張ってるね」とほほ笑んだ。「笠井さんに生かされてる。本当に、ありがとうございました」。泣きながら伝えると、笠井さんは別れ際に抱き締めてくれた。

現在も2週間に1回の抗がん剤投与が続く。治療後1週間はだるくて、寝込む日々。「でも、自分が若くしてがんになったことには必ず何か意味があるはず。それを伝えていくのが使命なんだと思う」。笠井さんの背中を追って、生きていく。

経験生かし誰かの役に

23／3／28記事

何よりおびえていたがんの再発。自宅の机をひっくり返し、本棚の本をまき散らした。「なんで、こんな目に遭うんだ。なんで俺が」。岐阜県内の高校3年生タクミさん（18）＝仮名＝の気持ちが爆発したのは昨年春のことだった。

血尿が出始めたのは2017年12月末。中学1年の冬だった。大学病院を含め病院をいくつも回ったが、原因が分かったのは約1年半後だった。19年3月に受けた検査で、小児がんの「腎芽腫」だと判明。中学3年になった翌月、左の腎臓を摘出した。修学旅行には行けなかった。その後も抗がん剤治療を受けながら学校に通った。病院に向かう車の中で英語のリスニング対策のCDを聞き、投与中も参考書を手放さなかった。

猛勉強の成果で希望の高校に合格。だが昨年3月、再発と肺への転移が分かった。告知された時、初めて母親（49）の涙を見た。自分はその場では淡々と説明を聞いた。「おかん、泣くなよ。恥ずかしいやん」。診察室を出た後、母親にそう声をかけた。帰宅し一人になると、感情を抑えられなくなった。

翌月、2日だけ高校3年の新しいクラスに通った後、入院。抗がん剤と放射線治療が始まった。最初は個室の病室でオンライン授業を受けていたが、治療の副作用がきつくて起き上がることもできない。授業に集中できず休学することにした。

テレビの高校野球など、青春まっただ中の高校生の姿を見るのがつらかった。他の患者との交流はなく、コロナ禍で家族にも会えない。「自分は一体、ここで何をしているのか」。孤独を救ってくれたのは病院のスタッフたち。医師や看護師、薬剤師、心理的支援などを行う専門職「チャイルド・ライフ・スペシャリスト」との何げない会話が大きな支えだった。

退院できたのは、入院から8カ月後の昨年12月。家族4人で過ごす喜びをかみしめた。取材を受けることになったのは、母親が笠井信輔さんの連載に投稿したことがきっかけだった。自分と似て、控えめな母親。投稿していたことを知り驚いた。「がんと共存して生きていく。これからもそんな息子の背中を見守り続けたい」。母親の投稿にはそう書かれていた。

闘病中の笠井さんのことはニュースで知っていた。「この人も、つらいだろうな。しんどいだろうな。でも頑張ってる」。同じ患者目線で、笠井さんのことを見ていた。笠井さんの連載は、入院中も母親が取っておいてくれたものを読んできた。

先月下旬、肺に新たながんが見つかった。来月に手術と抗がん剤治療を控えている。「手術できるということは、治療の選択肢が増えるということ」。気持ちの浮き沈みと闘いながらも、前を向く。

将来は、医療関係の仕事に就きたいという。医師を目指すように勧めてくれたのは主治医。「若くしてがんになる人はそういない。患者になったからこそ、できることがきっとある。経験を生かし、誰かの役に立ちたい」

つながる縁

娘と孫の「恩返し」

約20年前、子育て中だった28歳の娘が悪性リンパ腫を患い、長期入院しました。下の孫はまだ生後4カ月ほど。子どもたちと離れるのは、どれだけつらかったかと思います。家族とは白血球の型が合わず、骨髄バンクを介してドナーから骨髄の提供を受けて助かりました。娘はその後、「恩返しに」とドナー登録の呼び掛けなどのボランティアをしていました。上の孫は「ママを助けてもらったから」と看護師になり、頑張っています。

＝石川県小松市・山根敬子（76）・22／2／22

私を変えた女の子

2018年末に下血して肛門近くにがんが見つかり、直腸がんと判明しました。最初の病院で肛門を閉じる永久的人工肛門の造設を勧められました。しかし、自分で調べて肛門の機能を残す手術があることを知り、別の病院に転院。抗がん剤と放射線治療を受けた後、手術を受けました。一時的に人工肛門を着けていましたが、その後取り外し、今は自力で排便できています。再発もしていません。

病院で4～5歳ぐらいの小児がんの女の子と出会い、孫娘の姿と重なりました。この出会いが私の生き方を変えました。小児がんの子どもたちを支えたいと、趣味の陶芸作品を販売し、売上金を寄付することを思い付きました。

これまでに3回、自宅や娘夫婦が営むカフェで陶芸展を開催。友人の音楽家たちがピアノやバイオリンなどを演奏して花を添えてくれたこともありました。毎回300人近い人が訪れて作品を購入してくれ、「がんの子どもを守る会」という団体に寄付することができました。陶芸展を開くことが生きがいです。

＝岐阜県関市・足立義一（71）・22／10／4

7章 反響編

連載で広がった縁　読者（体験者）の声を聴く

連載の1年3カ月の間に届いた投書やメールは200通以上に及びました。そして、連載を企画した細川記者は、「この方の声を聴いて記事にしたい」という思いから患者さんやご家族を取材し、「反響編」を書き上げました。

大腸がん患う男性
投稿で知った母の胸中

22/3/29記事

これは僕のことではないか——。愛知県江南市の宮寄宏さん（38）は、読者からの声を紹介する「つながる縁」（25ページ）を読んで驚いた。そこにあったのは女性の投稿で、ステージ4の大腸がんを患う息子について書いていた。進行具合や発症時期、治療法、恋人が闘病を支えていることまで自分と同じだった。

思わず母親（72）に尋ねると「こっそり送った」と明かした。自分の前では、いつもにこにこしているのに。「衰弱していく息子の姿に、代われるものなら代わりたい」「新型コロナウイルスの感染拡大で患者の家族の集いもなくなり、私もうつになってしまう」…。感情をあらわにした内容に「こんなに苦しんでいたなんて」と母の孤独を初めて知った。

がんを告知されたのは昨年1月だ。既に肝臓に転移し、「余命数年」と言われた。転職を視野に会社を辞めたばかり。「何で自分なのかと、それから3カ月ほどは寝る前に毎日泣いていた」

約3年間付き合い、結婚も考えていた恋人(36)には「他の人を探してほしい」と告げた。長く生きられないかもしれない。子どもを産むことを考えると、別の人と、別の人生を歩んでもらうべきだと考えた。しかし、彼女は言ってくれた。「好きだから、別れられない」。別れを覚悟しただけに、本当にうれしかった。

小康状態を保っていた体調が大きく変わったのは昨年12月だ。腹部に激痛を感じ、腸閉塞《へいそく》の治療を受けて以降、食欲、体力が急速に落ちていった。年明けから使い始めた通算4種類目となる抗がん剤は副作用が強く、下痢と便秘を繰り返し、髪も抜けた。

使える薬は残りわずか、と医師には言われている。次第に、横になっている時間の方が長くなってきた。「何のために生きているのか分からない」。正直、そう思ってしまう日もある。それでも「一日一日が勝負」と、母と同じ墓に入ると決め、葬儀の準備もするなど「終活」を進めてきた。

そうした中で偶然見つけた投稿。2月8日付の同じコーナーには「私も息子のがんを周囲には話せなかった」「息子さんに奇跡が起きますように」と、今度は母親と自分に対する読者の声が掲載された。会ったこともない人たちだが、心が通じ合った気がして胸が温かくなった。母親も「沈んだ気持ちを分かってもらえた」と喜んだ。

その後、宮嵜さんは本紙に手紙を書いた。「気持ちを奮い立たせることができ、生きる希望をいただいた」と、便箋3枚に丁寧にしたためた。寄り添ってくれる人たちに恵まれ、「僕の人生は幸せ」としみじみ言う。今の目標は、5月18日の母の誕生日を一緒に祝うこと。外に出て、いつも気に掛けてくれる母にごちそうをしたい。

息子亡くした女性
孫娘の手紙　涙止まらず

22／3／29記事

紙面で紹介した声以外にも、男性の母親の投稿に対しては多くのメッセージが届いた。昨年7月、当時43歳の息子を亡くした愛知県阿久比町の安藤直子さん（67）は、気持ちを書いて寄せた一人だ。

告知を受けた時には大腸がんが肝臓にも転移し、ステージ4の状態。闘病は約3年に及んだ。中学校の教師だった息子は、亡くなる2週間前まで働いた。「心配をかけたくない」と、病気を打ち明けたのは一部の上司だけ。抗がん剤の点滴を服の下に隠しながら、授業をした日もあるという。つらさは見せず、笑顔を絶やさなかった。

先日、仏壇の引き出しに手紙を見つけた。表には「お父さんへ」の文字。息子の忘れ形見の孫娘（7）が書いたものだった。自分と父親の似顔絵をハートの絵で囲み、「いつまでも、なかよく」「いつも、そばにいてくれてありがとうございました」と平仮名の文章が添えられていた。涙が止まらなかった。

「残された家族で力を合わせ、何とか前に進んでいる」と安藤さん。「苦しみや悲しみの中にいる人たちが、どうか誰かと気持ちを分かち合えるように」。そう願い、本紙宛てに手紙を送ったという。「笠井さんのように『足し算の縁』を大切にしたい」

肺がん再発した男性
家族にも病気言えない

22／3／29記事

「励まされる」「頑張ろうと思えた」といった前向きな声の一方で、「連載を読むのがつらい」という意見もある。

「ひっそりと治療を続けなければならない者もいる」と、自分のことを手紙に書いてきたのは愛知県一宮市の男性（66）だ。男性は3年前に肺がんのステージ3と診断され、右肺の手術を受けた。だが、1年後に再発。現在も抗がん剤治療を続けるが、副作用で「歩くだけでも苦しい状態」と訴える。

高齢の親に心配をかけまいと、病気のことは伏せている。友人にも告げていない。「弱音を吐くと、周囲の人にまで、つらく、苦しい思いをさせてしまう」。その上で「笠井さんは有名人だし、完全寛解となったから闘病の体験を語ることができるのだろう」と切々と話す。「それができない自分のような患者の気持ちも知ってほしい」

肉腫で娘を亡くした女性
託された命　ありがとう

22／6／21記事

間もなく4歳になる双子の葵斗《あおと》君と湊斗《みなと》君はやんちゃざかり。「ばーば、早く公園行こう」。名古屋市緑区の小林昌子さん（70）は、ぐずる孫たちを膝の上でぎゅーっと抱き締める。浮かぶのは、彼らを残して亡くなった娘の顔だ。「どんなに自分で育てたかっただろう」。時々泊まりに来る2人は今、小林さん夫婦の大きな力だ。「寂しくないよう娘は命をつないでくれた。ありがとう。感謝です」

娘の萩野磨由子さんが亡くなったのは2020年4月19日。39歳だった。最初の異変は妊娠4カ月ごろの18年2月。左脚の腫れがひかず、整形外科を受診した。打ち身の診断だったが、痛みは日に日に増した。別の病院で診てもらうと、左足首の上辺りに血腫があるのではないかと言われ、出産後に治療することになった。

そのため予定より約3週間早い7月、帝王切開で出産。すぐに検査を受けたところ、左脚のふくらはぎに腫瘍が見つかった。難治性のがん、ユーイング肉腫。告知の瞬間、磨由子さんは泣き崩れ、夫の功さん（44）は背中をさすり続けた。不妊治療や流産を経てやっとわが子に会えたのに。

間もなく抗がん剤治療が始まり、入院中は小林さん夫婦が愛知県内の磨由子さん宅で双子を預かった。「安心して闘病できるように」と3時間おきにミルクを与え、おむつを替えた。ただ「脚を切断しないと、転移する可能性が高い」という診断が、磨由子さんに追い打ちを掛けた。「子どもと一緒に走りたい。いつか運動会に参加したい」と泣いて訴えた。功さんはセカンドオピニオンを求め、関東や関西など複数の病院に当たったが、結果は同じだった。

左脚の膝下10センチから下を切断したのは12月。「義足は隠さない。堂々と見せることで誰かを勇気づけられるかも」。磨由子さんはスカートをはき、ベビーカーを押して、よく公園を散歩した。

しかし翌19年5月、肺への転移が見つかって、左肺の3分の1を切除。その後、頭部などにも転移していることが分かり、20年3月末に緊急入院した。コロナ禍が始まったばかり。思うように面会できない双子の様子は、テレビ電話で見守った。「会いたい、会いたい」。功さんは、病室で何度もつぶやく磨由子さんの姿を覚えている。

2人と一緒に過ごすことができたのは緩和病棟だ。意識がもうろうとする中、1歳9カ月を迎え、少しずつしゃべるようになった双子の「ママ」という声に、手招きして笑いかけたのが最期だった。

今年1月から本紙で始まった笠井信輔さんの連載。詳細につづられる闘病の様子に、小林さんは娘の姿を重ねた。「磨由子も伝えたい思いがあるのではないか」。突き動かされるように、便箋4枚に闘病記録をまとめ、投稿した。

双子は今、自宅で功さんが育てている。しっかり者だった磨由子さん。「『何やってるの！』と叱られないよう、自分が立派に育てないと」と功さんは言う。

葵斗君と湊斗君には、こう言い聞かせている。「ママはすごく強い」「空にいて、いつも見てくれているよ」と。位牌《いはい》の横に置かれた写真の中の磨由子さんは、いつも優しい笑みを浮かべている。

直腸がんと闘うシングルマザー
「絶対治る」が合言葉

22／6／21記事

「生きるんだ、という思いを再確認できるのが笠井さんの連載」。ステージ3の直腸がんと闘う名古屋市の近藤真衣さん（37）は、メールにそう書いて送ってきた。

小学六年の一人娘（11）が1歳の時に離婚し、シングルマザーに。昨年末に血便が出て今年1月、直腸がんと診断された。娘にはすぐ、「絶対治るから大丈夫」と伝えた。

児童会長を務め、病気も気丈に受けとめたように見えたが、「学校で泣いていた」と担任から電話があった。「ママの表情が暗くて最初のころは不安だった。でも今は、絶対治ると思っている」と話す。

先月、直腸の一部を切除したことから、一時的に人工肛門を着けている。数日おきに更新する自身のブログ＝QRコード＝では治療の記録に加え、人工肛門が目立たない服なども紹介。「闘病中も大好きなファッションはあきらめたくない。ブログを書くと気持ちが落ち着くし、少しでも他の人の参考になれば」と前向きだ。

術後の検査では、直腸のがんは消えていた。だが、周辺のリンパ節に転移があり、今月から抗がん剤治療を再開した。

いつも首に掛けているのは、娘が手作りしてくれたお守りだ。初めての抗がん剤治療を控えた2月、はにかみながら渡してくれた。「中に手紙が入っているか

近藤さんブログ

ら。治ったら読んでね」と。
「もっともっと人生を楽しみたい。笠井さんのように病気から生還する」。その時は、お守りの中の手紙を、娘と一緒に笑顔で読みたい。

脳腫瘍治療後に「運命の出会い」「お守り」のサイン

22／12／20記事

「あっちゃん」「みーちゃん」。そう呼び合う2人は、7月に結婚したばかり。見つめ合い、はにかみながら話す様子がほほ笑ましい。あっちゃんこと夫の飯沼篤さん(30)＝愛知県瀬戸市＝は、脳のがんである脳腫瘍の治療後に、妻の美沙希さん(30)に出会った。「こんな日が来るなんて」と感慨深げだ。

篤さんの病気が分かったのは2018年2月。入社2年目のことだった。めまいと吐き気に襲われ病院を受診。脳腫瘍の一種「髄芽腫」だと分かった。「死ぬのかな」。不安に襲われた。休職することになり「周りと差がつく」と焦りも感じた。

手術で腫瘍を摘出した後、放射線治療で1カ月入院。その後も入退院を繰り返しながら約1年、抗がん剤治療が続いた。副作用がきつく、投与後は自宅の自室まで歩けず、リビングで寝込んだ。「絶対治る。大丈夫」。母親のちづるさん(56)はそう言い続け、見守った。篤さんもちづるさんも、闘病中はお互いの前で泣かなかった。

「ネガティブだと病気に負ける。与えられた時間だと思って有効に使おう」。篤さんは心細さを追い払うように、治療の合間には将来、仕事に役立ちそうな資格や英語の勉強に打ち込んだ。スマートフォンのアプリに勉強時間を記録として残した。

19年8月、仕事に復帰。翌年、美沙希さんに出会った。2人とも大の中日ドラゴンズファン。一緒に野球を見に行くなどデートを重ねた。

篤さんは内心、不安だった。「病気のことを知っても受け入れてくれるだろうか」と。「付き合ってほしい」と言う前に、病気について打ち明けた。「もしかしてダメかも」。覚悟の上だった。「大変だったんだね。今、元気で良かった」。美沙希さんはそう答えた。
プロポーズは21年9月。2人の思い出の写真をまとめた映像を内緒で作り、自宅で一緒に見た。「僕の方を見てね」。映像の最後にそんな字幕が流れた後、篤さんは指輪を取り出し、結婚を申し込んだ。美沙希さんは泣きながら、うなずいた。

今年7月30日の結婚式の直前、篤さんはちづるさんからサプライズの贈り物を受け取った。子どもの頃からテレビで見ていた笠井信輔さんのサイン。篤さんと美沙希さんの名前に「結婚おめでとう」との言葉が添えられていた。「何、どうしたの。すごいじゃん」。篤さんは思わず叫んだ。

ちづるさんは式の5日前、名古屋市の中日新聞社で開かれた笠井さんの講演会に参加。篤さんの病気のこと、結婚式のことを伝えると、笠井さんが「息子さん良かったね」と言いながら色紙に書いてくれた。

そのサインは式当日、会場に飾られた。最後の花束贈呈で、ちづるさんは篤さんの前で初めて泣いた。「いつも応援してくれる母がいなければ、病気を乗り越えられなかったかもしれない。自慢の母」と、篤さんは感謝する。

今も2カ月に1回検査を受けているが、再発もなく経過は順調だ。サインは

「がん封じ」のお札と一緒に自宅に飾っている。「がんを克服して活躍する笠井さんのサインはお守り」。がんになっても、幸せになれる。苦しさを知っているからこそ、闘病中の人にはこう伝えたい。「つらいけど、未来のことを考えて、乗り越えてほしい」

22／12／20記事

「×（バツ）を＋（プラス）に」　元気届ける
闘病経て手品で活躍

闘病を機に、新たな生きがいを見つけた人もいる。

三重県南伊勢町の郵便局長、奥村隆史さん（60）は約7年前、血液がんの一つ「急性前骨髄球性白血病」で入院した。7カ月半、無菌室から外に出られない日々。「マイナス思考を振り払いたい」と趣味の手品の練習に打ち込み、患者や看護師らに毎日のように見てもらった。

「すごい」と喜ばれることに幸せを覚えた。退院後も、緩和ケア病棟や小児科病棟をボランティアで訪問し、マジックショーを上演した。がんが寛解した今も、仕事にちなんだ「ポストマン」の愛称で、デイサービスや保育園などを訪れて活動。町の生涯学習講座でマジック教室の講師も務めている。

入院中は、抗がん剤の副作用で口内炎ができ、口を開けると痛くて話せず、約2週間筆談で過ごした。その経験から、手話サークルにも入会。今年秋には、耳が不自由な人向けのマジックショーに出演し、手話を交えた手品を披露した。

自身の闘病体験も手記にまとめ、ボランティア活動で出会った人らに約500部を配ってきた。「がんを体験しなければ、こんなに前向きな人生を送ってはいなかった」。そうつづり、本紙にも手紙と手記を寄せた。

「×（バツ）は斜めに傾けたら＋（プラス）になる。『前を向いて頑張ろう』と、出会った人たちに声をかけていきたい」

専門家に聞く⑤

発信はセルフケアになる　考え方　プラスへのきっかけ

「闘病中に、自分や家族の方がつらいと感じてしまうのは自然。他人のことがうらやましくなって『足し算』ではなく、『引き算』の思考に陥ったとしても当たり前」。そう話すのは、本紙健康面のコラム「Dr.'sサロン」の執筆者の一人で、精神科医の小出将則さん（60）だ。「人と比べてはいけない」と分かってはいても、比較してしまうのが人間だからだ。その上で、上記の男性のように「自分のことを笠井さんをはじめ誰かに伝えようとしたり、新聞に投稿したりすれば、その苦しみに思いをはせる人が出てくる」と強調する。

少しずつ縁が広がって自分を思ってくれる人の存在が感じられれば、マイナスからプラスへと考え方を転換するきっかけになる。有名人であるかどうかに関係なく「発信することは、自分で自分をいたわる『セルフケア』に結びつくんです」。

マスクが隠した涙

闘病中の男性とお母さん、息子さんを亡くした女性、家族にもがんのことを話せない男性…。反響編の全ての投稿者に思いを重ねました。「私は一人じゃない」と。

約2年前、49歳の息子を膵臓《すいぞう》がんで亡くしました。コロナ禍で面会制限が続き、遠く離れた東京で入院生活を送る息子にはなかなか会えません。1日に2回くれる電話がつながるすべでした。会えたのは亡くなる5日前です。「お母さんが来るということは、そんなに悪いの？」。マスクが、あふれた涙を吸って隠してくれました。

＝愛知県安城市・長島敬子（73）・22／4／5

手話学び患者らの力に

6年前、乳がんのステージ2と診断され、右乳房を全摘出しました。手術直後は右脇腹周辺に痛みを感じ、いびつな右胸を鏡で直視することがつらくて、落ち込んでいました。

でも、助かったからには誰かの役に立てたらと、今は手話を勉強しています。耳が聞こえない方たちは病気になった時、どれほど不安だろうかと想像したからです。自分ががんになって心細かったからこそ気づきました。地元の手話サークルに入ると、世界が一気に広がりました。すべての患者さんたちに、よりよい明日が来ますように。

＝愛知県一宮市・土谷晶子（53）・22／3／22

人との縁を支えに前へ

57歳の時に空咳《からせき》が止まらなくなり、肺腺がんと診断されて手術を2回受けました。経過観察を続ける中、3年前には血液の病気も発覚。「完治しない病気なので付き合うしかない」と言われています。

がんになり、残された人生をどう生きるか、意識するようになりました。誰かを喜ばせたいと始めたのが「フジバカマ」という植物の増殖。晩夏から秋にかけて白やピンクの花を付けるフジバカマには、長距離を旅するチョウ「アサギマダラ」が集います。海、山を越えて2000キロも旅するとされるアサギマダラの生命力に感動し、近くに呼び寄せたい、羽を休ませる場所を増やしたいと思いました。

市内のあちこちに植えさせてもらい、約150人に株分けもしました。アサギマダラの写真を撮って展覧会を開いた縁で出会った静岡や東京の方もいます。

闘病という長いトンネルを歩き続けていると、心が折れそうになることもあります。支えは、人との縁です。アサギマダラのように、羽を傷つけながらでも前へ進みたいです。

＝三重県松阪市・鳥本均（71）・22／5／3

✉ 亡き息子　笠井さんに重ね

最愛の息子は、笠井さんと同じ悪性リンパ腫で先月亡くなりました。49歳でした。小学生の子ども2人が残されました。深い悲しみの中での投稿です。悪性リンパ腫が憎いです。

2年半の闘病中、本人は毎日、恐怖心と闘っていたでしょう。でも脳梗塞を患う父親のことを心配し、母親の私にはいつも「何事も前向きに考えないといけないよ」と言っていました。

息子家族が2月に家に遊びに来た時には、好物のコロッケや唐揚げ、ハンバーグでもてなしたら、たくさん食べてくれて。入院中も手料理を食べさせたかったけれど、手作りの差し入れは禁じられていました。

通夜や葬儀には、200人もの友達や同僚が来てくれました。人望があった息子を誇りに思います。

今の私は抜け殻のように気力がなく、毎朝欠かさなかったラジオ体操にも行っていません。聞かれるのがつらくて、誰にも息子のことは言っていません。息子の闘病中は笠井さんの活躍が励みでした。今でも笠井さんに息子を重ね、お顔を見ると少し力をいただけます。

＝名古屋市・女性（81）・22／5／17

✉ 通院治療を頑張る

笠井さんの講演会に参加し、はつらつとした姿を見てうれしくなりました。私も悪性リンパ腫を患っています。以前は、死を意識したこともありました。でも今年1月の連載初回で、「絶対負けない」

と書かれたTシャツを着て、苦しそうに横たわる笠井さんの写真（11ページ）を見て、「こういう気持ちが大事なんだ」と思いました。これを見て頑張ろうと、この写真を持って5月に入院しました。今は通院治療を続けています。笠井さんは希望の星です。

＝愛知県清須市・女性（67）・22／8／9

娘に受け継がれる　夫らの闘病中の思い

夫は約2年前、笠井さんと同じ悪性リンパ腫のステージ4だと分かりました。昨年春に寛解となりましたが、その翌月に再発が分かり治療中です。現在は歩行できず車いすに乗っていますが、子どもが押してくれて科学館や遊園地、スポーツ観戦などたくさん出かけています。

夫の発病と同時期に、同居していた義父の膵臓《すいぞう》がんが判明しました。義父は小学生の娘のお風呂上がりに髪を乾かす担当で、毎晩娘の髪にくしを通してくれていました。義父は抗がん剤治療で髪が抜け、娘は長い髪を義父の頭に載せるなど、ふざけ合いながら義父の心を和ませていました。

義父は昨年9月に亡くなり、娘は幼稚園から伸ばしてきた髪の毛を約40センチばっさりと切りました。髪を寄付してかつらを作るヘアドネーションをするためです。夫も髪が抜けたこともあり、娘は誰かのためになりたいと決断しました。

主人や義父の闘病中の思いは、娘へと受け継がれています。夫の2回目の寛解は、すぐ近くまで来ていると信じています。

＝愛知県・加藤真弓（37）・22／11／15

笠井さんの姿励みに夫も治療

笠井さんの病名公表の1カ月後に夫が同じ悪性リンパ腫だと分かりました。夫は笠井さんの背中を追って闘病生活を送りました。つらい時は、笠井さんの頑張っている姿に励まされ「笠井さんも治ったから大丈夫」と信じていました。幸い抗がん剤が効き、2回目の投与からは通院による点滴と副作用軽減のための投薬だけで済みました。今は元気です。笠井さんの連載は毎回切り抜いています。

＝浜松市・女性（69）・22／11／29

夫の「愛情スープ」に救われる

5年前、甲状腺乳頭がんと診断されました。きっかけは、自分で首のしこりに気づいたことでした。手術から2週間後の検査で、「未分化がん」だと分かりました。進行が早く悪性度の高い未分化がんは、ネットで調べると「余命数カ月」などの情報が出てきました。どん底に突き落とされた気分でした。

放射線治療後は、喉の痛みがひどくて、料理を食べられませんでした。見かねた夫が買ってきた本を基に野菜スープを作ってくれました。セロリやブロッコリー、カボチャなどをミキサーにかける「愛情スープ」は、以来5年間、夫が作り続けてくれています。口から食べ続ける気力があったためか、自分が死ぬ予感はまったくありませんでした。今も私は元気です。

医師からは「あと数週間手術が遅れていたらアウトだった」と言われました。異変を感じたら、すぐ受診することが大切です。

友人は乳がんで10年闘病した末に、50代で亡くなりました。彼女の無念さを思うと、私は70代まで生きられてありがたい限りです。

＝名古屋市・女性（75）・23／1／10

8章 講演会

さらに深まり広がる縁

2022年1月に始まった連載は、6回の予定がどんどん長くなっていきました。それはひとえに読者の皆さんの反応の高さのおかげだと思っています。

春になって、私は細川さんに「連載読者をご招待して講演会をやりましょう」と提案しました。

つながる縁をさらに確かなものにするために、直接皆さんとお会いしたかったのです。生活部で講演会を実施するなどなかなか大変だったようです。

2022年7月25日。当日は約130人もの読者の方がいらしてくださり、講演会後、生活部の各記者が参加者の感想と体験談を取材、生活部総出の記事が出来上がりました。

出会いが希望になる

今まさにがんで闘病中の人、家族を亡くした人…。笠井信輔さんの講演会には、さまざまな背景を持つ読者が集まった。中には、講演会参加を生きる目標に定めながら亡くなった人も。それぞれの人たちのストーリー、胸に秘めてきた思いを紹介する。

笠井さんと同じ病気に
寛解　目指していいんだ

22／8／2記事

「笠井信輔さん、ステージ4から完全寛解（がんが体から消えた状態）」。愛知県一宮市の元教員、佐藤珠美さん（54）がその報道に触れたのは2020年6月、名古屋市内の総合病院のベッドの上だった。

当時は「びまん性大細胞型B細胞リンパ腫」という病名を宣告されたばかり。新型コロナウイルス感染拡大の影響で面会も制限され、孤独と不安が渦巻く中、全く同じ病気から回復した笠井さんは一筋の光だった。「私も寛解を目指していいんだ」

佐藤さんの症状は、宣告の約3カ月前、右手の指先のしびれから始まった。整形外科では最初、「頸椎《けいつい》圧迫だろう」と言われた。次男の中学校の入学式を控えていたこともあって詳しい検査を急がず、そのまま様子を見ていたら、今度は右足も動かしにくくなった。「手足のしびれはおかしい。原因はたぶん頭だから早く検査を」と整形外科で勧められ、同年4月に地元の総合病院を受診したところ、脳に腫瘍が見つかった。

その腫瘍は脳の奥深くにあり、手を出せない状態。「もう年は越せない」と死を身近に感じた。その後、脳の表面近くにも腫瘍が現れたため、手術で取って調べることが可能に。悪性リンパ腫の診断が確定し、抗がん剤と造血幹細胞移植という治療の道も開けた。

薬の副作用で味覚障害に苦しんだが、カップ麺のうどんは食べられた。「笠井さんが『ペヤングソースやきそば』で生き抜いたと発信していたが、私は『赤いきつね』。同じ病気だからなのか、本当に体験がよく似ている」と振り返る。

9カ月にわたる入院を経て、昨年3月に退院。脳腫瘍の影響で右手足に麻痺《まひ》は残ったが、在宅でのリハビリに励み、左手足だけでも運転できるよう改造した愛車で一人で買い物に行けるまで回復した。現在は完全寛解の状態だ。「ここまで出歩けるようになるなんて、2年前には想像もできなかった。笠井さんが元気で発信し続ける姿は、私にとっても希望です」

（取材：植木創太）

長男を亡くした女性　お弁当の後悔　晴れた

22／8／2記事

津市の小林久美子さん（75）は、2020年8月に大腸がんと膀胱《ぼうこう》がんで50歳で亡くなった長男の遺影を携え、参加した＝写真。

小林さんは、ずっと悔やんでいたことがある。闘病しながら仕事をしていた長男に毎日弁当を作っていた頃、好物のたらこのおにぎりを持たせた日があった。帰宅した長男は「おいしかったあ」と喜んでいた。

その翌日、治療のために病院に行った長男から「入院することになった」と電話がかかってきた。病状は悪化し、約1カ月半の入院生活の末、長男は帰らぬ人となった。

小林さんは「最後のおにぎりがよくなかったのかもしれない」と後悔するようになった。塩分の強いたらこではなく、もっと体に優しいものがよかったのではないか、と。

そんなモヤモヤした気持ちを抱えながら参加した講演会。笠井さんは病院食だけでなく、カップ焼きそばなど好物を食べていたエピソードを紹介した。「食べたい物を食べることが大事だった」というメッセージに、「息子の好きな物を食べさせてよかったんや、と思えた」と小林さん。「講演が聞けて本当に良かった」と晴れやかな表情で会場を後にした。

（取材：熊崎未奈）

講演会前に亡くなった男性
母への感謝　手紙に託す

22／8／2記事

2021年3月29日付の「がんがつなぐ足し算の縁」反響編（138ページ）で取り上げた愛知県江南市の宮嵜宏さん＝当時（38）＝は、「笠井さんに会いたい」と講演会を待ち望みながら、先月6日に亡くなった。

宮嵜さんは、残された時間が短いことを悟っていた。昨年1月に大腸がんを告知された時には既に肝臓に転移。手術は無理だった。

そんな息子を案じる母親（72）の投稿が、笠井さんの連載と併せて読者の声を紹介する「つながる縁」に掲載されたのは今年1月。その後、母親と宮嵜さんへの励ましの声も紹介すると、宮嵜さんから本紙に感謝の手紙が届いた。「みなさんに勇気づけられた」「新聞の力を実感した」。取材時、宮嵜さんはそう語っていた。

だが、5月11日に緩和病棟に入院。「最後は穏やかに過ごしたい」と、副作用の強い抗がん剤治療をやめた。「覚悟してきたのに。もう少しだけ生きたい。今になって欲が出てきた」。号泣しながら記者にそう話した日もあった。生きる目標にしていた同月18日の母親の誕生日。看護師たちが内緒で病室を飾り付けてくれた。「ハッピーバースデートゥーユー」。一緒に歌い、祝ってくれた。

宮嵜さんは昨年7月、自身の葬式を手配。葬儀会社に家族らへの手紙も託した。亡くなったのはその約1年後。母親は宮嵜さんの死後に初めて手紙の存在を知った。「お母ちゃんに育ててもらって良かった」「残りの人生、健やかに過ごせられるよう空から見守ってますね」――。

講演会には、母親と、宮嵜さんの恋人（36）の姿があった。会場に掲示された笠井さんの連載と反響編の中に、自分の投稿と息子の記事を見つけ、母親はこう話した。「笠井さんと息子がつないでくれた縁を大切に生きていく」

（取材：細川暁子）

乳がん治療　病院で苦い思い
先生への遠慮　やめなきゃ

22／8／2記事

「共感する点ばかりの講演を聞いて、立ち向かうパワーをもらえました」。乳がんを患う浜松市の鈴木利恵さん（49）はほほ笑んだ。

しこりに気づいたのは3年前。治療をしながら、息子の大学受験や、不登校だった娘の中学進学なども迎え、常に気持ちが張り詰めていた。手術から2年がたつ現在もホルモン療法を続けており、倦怠《けんたい》感やリンパ浮腫などの症状に苦しむ。

病院で苦い思いもしてきた。最初に受診した乳腺腫瘍内科医のきつい言葉や対応に疑問を感じて6カ月で転院。2つ目の次の病院での手術後には、抗がん剤の副作用で間質性肺炎になった際、医師に異変を3度も伝えながら病気が発見されなかったという。

笠井さんは患者の側から医師とコミュニケーションを取る大切さにも触れた。「先生に遠慮するのは駄目。症状はしっかりと伝えないと」と鈴木さん。思いを新たにする機会となった。

（取材：海老名徳馬）

食道がん患う男性
連載読みリハビリ決意

22／8／2記事

食道がんを患う三重県桑名市の青木友厚さん（59）は首や肩などの痛みを薬で抑えながら参加した。「同い年でがんと闘った笠井さんの話を聞きたい」と、講演会を生きる目標の一つにしてきた。

2020年夏にがんが見つかり、余命1年を宣告された。抗がん剤や放射線治療など可能な治療は全て受けたが、病気の進行は止まらない。通院治療は今年春に終了した。

体の痛みは日に日に強くなり、外を歩くこともままならない。自宅で過ごすだけの毎日だったが、笠井さんの連載でリハビリに励む姿を読み、「自分もやってみようか」と決意した。

講演会では「何かヒントになれば」と、笠井さんにリハビリの日々について質問。笠井さんのはつらつとした姿も目の当たりにし、「がんを受け入れるだけでは悔しい。自分なりにできることをやりたい」との思いを強くした。自宅から最寄り駅まで15分ほどの道のりを歩くことを目標に、市内の温水プールに通ってリハビリに励んでいく。

（取材：熊崎未奈）

9章
啓発活動
新たなライフワーク

25 病室にWi-Fiを!

コロナ禍の孤独癒やす手段

私ががんで入院したのは2019年暮れ。最初の1カ月は、たくさんの友人・知人が病室に見舞いに来てくれて大きな力づけになりました。しかし、残りの3カ月半は誰も見舞いに来てくれませんでした。「新型コロナウイルス」の蔓延《まんえん》です。

あれから3年がたちますが、全国の病院で面会制限が続いています。その孤独、寂しさ、困難は、体験した入院患者と家族しか分かりません。

そんな私を救ってくれたのは、インターネットでした。スマホで、パソコンで病室の外の人たちとつながる。顔を見ながら複数の人と話ができるオンライン面会は本当に救いでした。しかし、私のお世話になった大きな病院は病室でWi-Fiが使えず、私は自分のスマホのギガを使って毎月8000~10000円の追加料金を支払っていました。

でもよく考えれば、公園でも、駅でも、コンビニでも、喫茶店でも無料のWi-Fiが使える時代です。「なぜ、入院患者がＷｉ－Ｆｉを使えないのだろう」。そんな疑問から退院後さまざまなネットワークでつながった異業種8人で２０２１年1月、「#病室Ｗｉ－Ｆｉ協議会」を設立しました。

誰かが、この「新しい孤立」に対して声をあげなければいけないと考えたのです。全国の病院の9割近くで業務用Ｗｉ－Ｆｉが飛んでいるのに、当時、入院患者にＷｉ－Ｆｉを開放しているのは約3割だけでした（21年電波環境協議会調べ）。海外の病院では、病室Ｗｉ－Ｆｉは当たり前だというのにです。

日本の患者さんたちはおとなしいのです。病室では我慢するものだと思っていて、黙々とコロナ禍の孤独に耐えていました。私たちは声をあげ、仲間が1人増えて、現在9人で積極的に活動しています。

活動の基本精神は「病室Ｗｉ－Ｆｉ工事のお金を国に出してもらう」。とにかく政治家の皆さんにいろいろとお願いをしてまわると、活動開始から3カ月で、厚労省が患者用のＷｉ－Ｆｉ整備に補助金をつけてくれたのです。

「とくダネ！」担当の20年間は、政治家や官僚に文句ばかり言っていましたが、国は私たちの願いを聞いてくれることもあるんだと、初めて心の底から感謝しました。そして、この補助金で事態は大きく動くと思われました。

#病室ＷｉＦｉ協議会

しかし！

信じられないことに、病院側が消極的なんです。様々なところから「患者用Ｗｉ－Ｆｉは電子カルテに影響を及ぼす可能性があるので導入できない」という言葉が返ってきました。しかも、ダメという判断をしているのは病院の院長先生や事務長、部長など幹部の皆さんです。Ｗｉ－Ｆｉの進化に知識が追いつかず、誤った古い認識の方たちが「Ｗｉ－Ｆｉは危ない」と思い込んでいる。そんな現状が見えてきました。

でも、本当は安全なんです。国立がん研究センター中央病院、がん研有明病院といった日本の拠点病院では、全病室に無料Ｗｉ－Ｆｉが完備されています。都内のがん拠点病院の院長先生は「患者用Ｗｉ－Ｆｉが電子カルテに影響することはありませんよ。大丈夫ですよ」と明言。さらに、厚労省のＷｉ－Ｆｉ担当者は「病室でのＷｉ－Ｆｉの使用は安全です」と公のシンポジウムで発言しています。

「だったら個々でポケットＷｉ－Ｆｉを契約すればいい」という意見もあります。そこで入院経験のある全国約６００家族に「病室でＷｉ－Ｆｉを使えなかった時、どうしましたか？」とアンケートを取ったところ、「我慢した」と答えた方が4割もいたんです。その理由は、「ただでさえ入院費にお金がかかっているのにギガを増やしたり、ポケットＷｉ－Ｆｉを借りるなどの金銭的追加負担は無理」というものでした。

「我慢する」…。東日本大震災の時に世界から称賛された日本人の我慢強さ。でも褒めてもらって喜んでいる場合じゃありません。「ＳＤＧｓ」の基本精神は「誰一人、取り残されない世の中の実現」です。今、コロナによって、確実に入院病棟の患者さんが取り残されているのです。

皆さんは、スマホを1日家に置き忘れた時の心細さを知ってますでしょ？　入院患者は、誰もお見舞いに来ない中、スマホまで取り上げられているのと同じ状況なんです。

残念ながら、厚労省の補助金は２０２１年9月末までの半年間で事実上終わってしまいました。すると、朗報が入ってきました。２０２２年に厚労省が全国約４５０カ所のがん診療拠点病院におこなった通達の中に、「患者とその家族が利用可能なインターネット環境を整備することが望ましい」という文言が、初めて入ったのです。私たち#病室ＷｉＦｉ協議会は、厚生労働省が公的に「病室Ｗｉ－Ｆｉ導入」に舵を切り始めた証拠だととらえています。

そしてここが重要なのですが、２０２３年に厚労省がまとめた「第４期がん対策推進基本計画」の全体目標は、「誰一人取り残さないがん対策の推進」です。

病院の幹部の皆さんにもう一度言います。

コロナ禍の面会制限によって、病室の患者さんたちが取り残されているんです。なんとかそれを解消してください。この1年で、病室へのＷｉ－Ｆｉ導入病院は約３割から約４割に増えました（22年電波環境協議会調べ）。気づいた時には、皆さんの病院が「Ｗｉ－Ｆｉのない遅れた病院」として取り残されるかもしれません。

患者の孤独解消のために、私たち「＃病室Ｗｉ－Ｆｉ協議会」は、再び病室Ｗｉ－Ｆｉに国の補助金をつけるべく頑張ります。

26 ユーチューブ生番組発信！

「もうダメ」でなく一緒に前を向く

あれは、そろそろ退院かという頃、がん情報サイト「オンコロ」の柳澤昭浩さんから「一緒にがんのネット情報番組を作りませんか？」とのオファーを受けました。フリーアナウンサー転身直後に半年にわたってすべての仕事をキャンセルし、これから本当に仕事復帰ができるのかという苦しい時に新しいお仕事をいただけたのです。「自分の体験を生かすことができる」と、あんなにうれしいことはありませんでした。

がん患者にとって社会復帰できる、仕事に復帰できるというのは、本当に何よりもうれしいこと。がんが判明した時に私は迷わず自分の闘病を発信していこうと心に決めました。30年以上ワイドショーの世界で有名人の皆さんのプライバシーをニュースとして伝えてきました。なのに自分に関しては「プライベートなことなので、そっとしておいてください」

というのは違うと思ったからです。

２０２０年に始めたユーチューブ番組「笠井信輔のこんなの聞いてもいいですか?」では、南果歩さん、ワッキーさんら、がんと闘った著名人の方々や一般がんサバイバーの皆さんの体験談を聞き、がん医療の専門家の皆さんと対談してきました。堅苦しくなりすぎずに、有益な情報をお届けできればと思って続けています。


中でも印象的だったのは、第6回配信、歌手の木山裕策さん。のどのがんになった「後」に、夢であった歌手を目指すという信じられないチャレンジをしていました。その結果が紅白出場です。ご本人は「むしろがんになったことで頑張れた」とお話しになっていました。

第7回のババロア先生は、がんサバイバーのお医者さんです。高校3年生でがんになって、それがきっかけでお医者さんを目指し医師になりました。

そして我がボス小倉智昭さんとのスペシャル対談。小倉さんは膀胱《ぼうこう》がんの男性が悩む性的な課題、性欲の問題などオープンに語ってくださり、多くの患者さんの共感を得ました。

また、このトークの中で小倉さんが発した「男性トイレにサニタリーボックスがないのはなぜだ」という問いかけは、その後、社会的な動きに発展しました。この対談の再生回数

木山裕策さん対談

ババロア先生対談

は37万回超です。

ただ、分かってはいるんです。がんという困難の中で、ままならない方たちがいることも。肉親を亡くした方からいただくお手紙を読むと、「皆が皆、助かるわけではない」と書かれています。自分も闘病中に寛解した方の話を見たり聞いたりすると、体調によって「頑張ろう」という気になったり、「どうせ俺は…」と嫉妬心しか起きなかったりしましたから。

しかし、それでも「がんになったから、もうダメだ」ではなく、「がんになったからこうなれたという人生を歩もう」というのが、番組を通じての私からのメッセージです。そうやって、新たな道を歩む方が実際にいることを対談で皆さんに見ていただきたい、知っていただきたいという思いが強いのです。

小倉智昭さん対談

27 ご遺族の気持ちを知る

悲しみや怒りをしっかりと聞く

毎年100万人の日本人が、がんになる時代。自分の命と向き合う、家族の病と向き合うのは本当にしんどい体験です。だからこそ、私は前向きなことを書き続けてきました。

しかし、年間約40万人の日本人ががんで亡くなるという現実は避けられません。皆さんからの投書を読んでいただいて分かる通り、「家族をがんで亡くしました」というお手紙もたくさんいただきました。「家族はがんで死んでしまったが、笠井さんが元気になって我が事のようにうれしい」というお手紙の一方で、若くしてご家族を亡くした方から「笠井さんのように元気になられた方の情報は心強かったが、夫が亡くなってからは妬《ねた》みしかありません」「私たち遺族の気持ちも考えてみてください」という厳しいご意見もいただきました。やはり、申し訳ない気持ちになります。

こうしたお手紙の話を人にすると「そんな事を言う人がいるの？」と、驚きの反応が返ってきます。ですが「怒る遺族がいるのは当然です」と、お話ししてくださったのは、肉親などを失った人を支える一般社団法人「リヴォン」の代表を務める尾角光美《おかくてるみ》さんです。「身近な人を失った方の反応は人の指紋ぐらい違う。悲しんだり、怒ったり、無反応だったり、どんな反応も自然なものなんだと理解することが大事で、『それは変』と他人がジャッジをしないほうがいいです」と。「なぜ、そういう反応になるのか、根っこの部分を見てあげることが大切」だといいます。

家族が亡くなった方に寄り添ってあげたいと誰もが思うものですが、「立ち直らせてあげよう」「前向きになるようにしてあげよう」とするのはかえって相手を追い詰めてしまうことになるようです。

まずは、「体のことを心配してあげて」と尾角さん。「眠れてる？」「ごはん食べてる？」、それからだそうです。そして、当事者の心の中を掘り返して聞くのではなく、亡くなった方の思い出話など、亡くなった人に思いを寄せる会話がよい、と教えてくれました。「亡くなった人のことをみんなが忘れてしまうことを家族は恐れています。その会話で、亡くなった人を生かし続けることができるのです」「悲しみが残っているというのは、故人を忘れていないということ。故人とつながっている証し。だから悲しみ続けていい」という話に気づかされました。

「私の連載なんか読みたくない」というのも、肉親を失った人には自然な反応なんだというお話に、胸のつかえがおりました。

そして、肉親を亡くした喪失感から立ち直れない方には「『もう〇年もたったのに、早く立ち直らなきゃ』などと考えなくていい。悲しみに終わりはないもの。（時間が薬となって解決するという）『時薬《ときぐすり》』は神話ですよ」と優しく教えてくれました。

家族を亡くした方からお手紙をいただいた時に、「なんとかしてあげる」ではなく、まずはしっかりと話を聞いてあげることが重要。

がん患者やその家族にとって、つながること、一人じゃないんだと思えることは、とても大切なことなのです。

10章 本音トーク（対談編）

がん患者のリアルな悩みを掘り下げ、治療の参考や希望となる情報を届けたい――。

そんな願いから、笠井さんが司会を務め、ゲストの本音に迫る対談を企画しました。

元ＳＫＥ48のメンバーで、乳がんを公表した矢方美紀さんとの対談では、乳房再建や卵子凍結などデリケートな問題もテーマに。

愛知県がんセンター病院長の山本一仁さんとは、患者と医師はどう向き合えばいいのかなどについて、意見交換しました。

そして、急性骨髄性白血病の治療で臍帯血《さいたいけつ》移植を受けたシンガー・ソングライターの岡村孝子さんは、苦しかった治療をどう乗り越えたのか、赤裸々に語ってくれました。


（細川暁子）

本音トーク・ゲスト①
元ＳＫＥ48　矢方美紀さん（30）

2023年2月13日・中日新聞東京本社で

笠井信輔さん（以下敬称略）　お久しぶり！　去年秋のがん啓発イベントで一緒に司会をして以来ですね。確か、矢方さんは今も治療中でしたね。

矢方美紀さん（以下敬称略）　はい。２０１８年、25歳の時に乳がんになって5年がたちました。まだ治療が半分残っていて、あと5年。今も女性ホルモンを抑えるホルモン療法の薬を飲んでいます。更年期障害のホットフラッシュのような副作用があり、暑かったり寒かったりと体温調整には苦労しています。

乳がんになる前は、あまり汗をかかなかったのですが、治療をするようになってから、頭皮の汗が尋常ではないぐらい出るようになって。昨日も舞台の練習でずっと動いていたのですが、お風呂に入ったみたいに大量の汗が出て、どうしようと焦りました。

抗がん剤治療で髪の毛が抜けた時には、お風呂に入り頭をタオルで拭いてもすぐバーっと汗が出てきて。髪の毛って、汗を吸収してくれているんだと気づきました。

笠井 僕も脱毛した時に、すごい感じました。頭にティッシュを置くと、すぐぐっしょりになって。髪の毛が生えてるって、すごいことなんだなと感じましたね。

矢方 気持ちのコントロールは治療の1～2年目ぐらいが、難しかったです。イライラや、気分の浮き沈みがありました。5年目になり、だんだんとコントロールできるように。生理や排卵など、治療が終わった後、通常通りの自分の体のサイクルに本当に戻るのかなという不安はありますね。

笠井 頑張っているんですね。なぜ、乳がんと分かったの?

矢方 セルフチェックでしこりに気づきました。でも、痛みはありませんでした。私は病院が嫌いでなるべく行きたくないタイプ。当時、SKE48をやめた直後で、アパレル関係の店でアルバイトをしていて。その店の人が病院に行くよう勧めてくれました。結果はがん。衝撃でした。

最初はステージ1の診断でしたが、精密検査でリンパ節への転移が分かり、最終的にステージは3に上がりました。乳房を切除し、リンパ節を取りました。その後に「まだ、がんがあるかもしれないから、ちゃんと治療しましょうね」と言われ、抗がん剤治療、放射線治療へ。「まだやるんですか」と、その時が一番落ち込みました。

笠井　手術は悩んだのではないですか？

矢方　左胸を全摘しました。アイドルだから見た目を気にしていました。これからの人生に大きなダメージだと感じましたね。

笠井　特にＡＹＡ世代（15～39歳）の人には、乳房切除は重大な問題ですね。乳房再建はどのように？

矢方　痛みに弱くて注射すら怖いので、再建手術のパンフレットを見た時は恐怖を感じました。経験者のブログを読み、放射線治療後に再建をした胸は、皮膚が伸びにくくなるといった情報を知りました。再建のメリット、デメリットが分かって、かえって混乱して。まずは悪いところを切除し、全部の結果が分かってから再建するかどうかを考えようと思いました。

笠井　後から再建しようと…。

矢方　はい。最初は自分も再建するつもりで、左右両方の胸がないとおかしいと思いました。でも、だんだん気持ちの変化が起きて。胸がなくても、何とかなる。服を着ていれば分からない。支障がない。今はもう、再建はしないと決めています。

笠井　ちゃんと自分の考えを持っているんだ。

矢方　胸がないことがかわいそうだと、周りに言われました。でも、年を重ねたら関係ないのでは、と感じました。

笠井　乳房の全摘が恋愛や結婚に影響するのでは、という不安は若いがん患者さんの悩みですが…。

矢方　最初は恋愛に臆病でした。女子同士で「好きな人いないの？」と聞かれた時、心の中で「いるけど、私、左胸ないし」と一歩引いてしまっていました。でも、ある時、病院の先生と対談する機会があり、「すてきな人だと思ったら、胸がある、ないは関係ない」と。その言葉が大きかったですね。

笠井　抗がん剤治療は妊娠についての悩みも伴いますね。卵子凍結は考えましたか。

矢方　乳房再建と同時進行で卵子凍結についても説明を受けました。治療と同時に、考えなければいけないことがたくさんあって。卵子凍結は「この金額はちょっと」と諦めるような額でした。その頃は、がんの治療に全部でいくらかかるのかも分からなくて。お金をかけて卵子凍結をしても、将来もし結婚しなかったら、卵子凍結したことを本当に幸せだと感じるだろうかと考えました。

抗がん剤治療によって妊娠の確率は減ったとしてもいろいろな人生のプランニングはできる。自分の性格からして絶望はしないだろうと考えて、卵子凍結はしないことに決めました。

笠井　そして、矢方さんも僕と同じでがんを交流サイト（ＳＮＳ）で公表しました。

矢方　がんだと仕事ややりたいことができない。自分ががんになる前は、そんなイメージでしたが、実際はそうではありません。今までと同じような生活ができるし、仕事と同時進行で治療できるということを、自分でやってみせればいいと思いました。

公表したのは手術が終わってホッとしたタイミングでした。世間は大騒ぎになりましたね。25歳で乳がんというインパクトが大きかったのだと思います。公表したことで一気に注目されました。

笠井　つらい反応や落ち込んだことはなかったですか？

矢方　ツイッターで抗がん剤治療について、つぶやいた弱音がニュースになりました。すると、コメント欄に「抗がん剤治療するなよ」「抗がん剤は毒」「他の治療法があるのに、この人バカだね」などと書き込まれました。

「胸がないから大変だよね」「仕事して大丈夫なの」「なぜ卵子凍結しなかったの」「なぜ乳房再建しないの、普通するよね」——。そんな言葉もありました。「普通って何？」と思いました。私は「こうだ」と思って選んだ道でも、周りの人の「こうだ」という意見が強いんです。

笠井　それはアンコンシャスバイアス、「無意識の偏見」と呼ばれるもの。自分の常識と違う人を排除してしまう。優しさからきているのが、やっかいなところ。私もがんの前には呼ばれていたバラエティーの仕事がこなくなりました。「がんだから無理しないで」「がんの人には突っ込めない」などと言われました。こっちは笑ってほしいんだけどね。

AYA世代の人にとっては外見の変化を整える「アピアランスケア」も重要ですが。

矢方 ウィッグは十個持っていますよ。赤や金髪など、ファッションや気分によって着け替えるのを楽しんでいました。

笠井 そんなに？　医療用ウィッグだと20万〜30万円して高くて手が出なかった。その代わり、帽子を替えて楽しんでいましたよ。

矢方 医療用ウィッグは10万円以下のものもありますよね。そうした情報がもっと簡単に手に入るように、私たち経験者が発信していく必要があると思っています。

やかた　みき　1992年、大分県生まれ。2009年に名古屋を中心に活動するアイドルグループSKE48のメンバーとしてデビューし、17年に卒業。翌年、乳がん手術を公表した。タレント活動の傍ら、講演などで闘病の経験を伝えている。著書に「きっと大丈夫。〜私の乳がんダイアリー〜」（双葉社）。

本音トーク・ゲスト②

愛知県がんセンター病院長　山本一仁さん（61）

2023年3月7日・愛知県がんセンターで

笠井信輔さん（以下敬称略）　私の連載のパネル展をがんセンターで開催していただいたそうで。地元の力を感じ、本当にありがたくうれしく思いました。

山本一仁さん（以下敬称略）　頑張っている笠井さんは皆さんの励み。使命感で展示しました。

笠井　私の場合、主治医の先生が「ステージ4は手遅れという診断ではありません」「抗がん剤で乗り越えられるから、一緒に頑張りましょう」と言ってくれて、励まされました。1回目の抗がん剤で排尿障害が一気に改善し、一筋の光を感じました。先生も治療の進歩を実感していらっしゃると思います。

山本　いろいろな薬が出てきて本当によく効くようになりました。例えば肺がんの場合、私が研修医の頃はステージ4だと余命が1年ぐらいでした。今は分子標的薬もありますし、5年以上生きられる方がたくさんいます。

先ほどのお話を聞いて、先生が励ましてくれたこと、笠井さん自身が抗がん剤の効果を実感されて希望を持ったことがやはり一番良かったと感じます。

笠井　5年前、10年前に抗がん剤治療を受けた先輩に聞くと、毎食吐いていたそうです。私も覚悟していましたが、制吐剤がかなり効きました。入院中の4カ月半、一度も戻しませんでした。

山本　今の制吐剤は昔と比べて格段の差です。「支持療法」というのですが、副作用をなるべく抑える、または副作用が出る期間を短くする治療法が出てきたことが、がん治療を進歩させ、病後の経過を改善した大きな要素の一つです。

ただ「予期嘔吐」というのですが、「治療がきつくてもう嫌だ」、「病院に行きたくない」と思ったり、病院に来て何もしていないのに吐き気がしたりする人もいます。

笠井　今は治療とともに、治療中の生活の質「ＱＯＬ（クオリティー・オブ・ライフ）」を上げることがとても重視されています。

山本　まさにそうですね。今は通院で治療できるようになりました。家に帰ってなるべく普通の生活ができるようにするというのが非常に重要です。昔はずっと入院で縛っていたけれど、今は一時期入院したとしても外来で治療できるようになりました。ただ、副作用はまだありますね。笠井さんはまだ若いので、しびれはあまり残らないかもしれませんが、年配の患者さんでしびれが残り、「ゴルフで踏ん張れない。全然おもしろくない」などと訴える方がいます。

笠井　私もペットボトルが開けられないほど握力がなくなりました。2カ月ほどのリハビリで元に戻りました。

山本　個人差はありますが、年齢が高ければ高いほど後遺症は治りにくいですね。しびれに対する良い薬がないのは一つの課題です。

笠井　ＱＯＬが上がると、がんと向き合い乗り越えていこうと前を向く力が出ます。それは自分でも強く感じました。一方で、昭和世代の患者は「我慢しなければ」と思っています。昔は先生の言うことを聞いて、おとなしく我慢して、先生にお任せするのが常識でした。でも今は不具合があれば、しっかり伝えることが重要になっています。

山本　我慢する必要はないし、つらいこと、苦しいことを訴えた時から、良いことが始まります。

笠井　先生に「どうですか？」と聞かれたら「おかげさまで」と言うのは、礼儀みたいなところがありました。コロナもあるし、迷惑をかけてはいけない。薬が全然効いていないと言うのも申し訳ない。看護師さんたちも一生懸命やってくれているし。「訴えた時から良いことが始まる」という先生の言葉は、すごくいいと思いました。

私も「1〜10で言うと、痛みはいくつ?」と聞かれ、本当は8ぐらいなのに5と言ったんです。「弱い男」と思われたくなかった(笑)。でも、それではだめ。緩和療法も非常に細分化されて、痛みを抑えられるようになってきています。

山本 モルヒネも痛みをコントロールできるまで投与するのが原則です。ちゃんと言ってもらわないと、こちらも対応できなくなってしまいます。ただ、昔のイメージが強くて、モルヒネを使うようになったらもう終わりとか、苦しい抗がん剤治療は絶対嫌という方はいます。患者さんが前向きに、自分からやろうと思わない限り良い治療はできません。お互いの共同作業です。

笠井 入院中の孤独を救ってくれたのはインターネットでした。でも、私の入院した病院はWi-Fi環境がなく、自分のスマホのギガを使っていたので、追加料金が月1万円ほどかかりました。退院後、「#病室Wi-Fi協議会」という団体をつくり、全ての病室で無料Wi-Fiが使えるように活動を続けてきました。愛知県がんセンターは24時間のWi-Fi完備なんですよね。

山本 患者さんが寄付してくれて整えました。

笠井 それはすごい。感動的なお話です。やはりインターネットで入院患者が外とつながる重要性は先生も実感されますか。

山本　実感します。コロナ対策で面会制限が始まってから、せん妄といって、患者さんの精神状態が不安定になり、夢を見ているような感じや錯乱状態になる方が増えたと医師からよく聞くからです。

笠井　一方で、「Ｗｉ－Ｆｉを通すと電子カルテに干渉する恐れがある」という意見もよく聞きます。

山本　それはないと思います。

笠井　でも、それを理由に断る病院が多いんです。関係者のヒアリングで「電子カルテのこともあるのでＷｉ－Ｆｉは入れません」とはっきり言われたこともあります。まだ古い常識が改善されていない部分も結構あるというのが、活動している中での印象です。先生のような反応は、とても心強く思います。

　この病院で素晴らしいと思ったのが、患者さんがメークをしてポスター写真を撮ってもらう「ラベンダーリング」の活動です。コロナ禍で東京の方ではオンラインでの開催になりました。それを病院内で実施されたと聞き、素晴らしいことだと思いました。

山本　去年の夏でしたね。治療だけではなく、精神的なケアをして支え、明るく生きてもらうのは非常に重要です。がんは治っても生活でつらい思いをするということは、なくしていかないといけません。

笠井　病院の皆さんが「それじゃあ、後は頑張ってね」と手を振って終わりではない時代に入っているということですね。

山本　「困ったら来てね」と声をかけ相談に乗る。それが重要です。

笠井　患者さんたちがポスター撮りの写真を見て、喜ぶ姿をご覧になっていかがでしたか。

山本　非常にうれしく思いました。その時だけでなく、常に支えていかなければ、と思います。

笠井　それはもう、これからの病院の一つのあり方になってきますね。病院の皆さんは、やらなければいけない領域がますます増えて大変だなとは思いますが。

山本　病院の敷地内に患者さんたちが集まって、くつろげる「マギーズ東京*」のような場所をつくることが理想的です。

笠井　僕もマギーズ東京の見学に行きましたが、素晴らしい場所ですよね。患者さんたちは、何を相談していいか分からない。でも何か不安を抱えている。そこへ行っておしゃべりしながら「自分はこういうことが気になったんだ」と気づく。そういう場は必要だと思います。

＊マギーズ東京　がん経験者、家族、友人など、がんに影響を受けるすべての人が利用できる施設。各種プログラムや専門のスタッフによる相談など実用的・心理的・社会的サポートを提供している。

マギーズ東京

マギーズ東京見学動画

やまもと　かずひと　1962年生まれ、三重県南伊勢町出身。87年に名古屋大医学部を卒業し、95年から4年間、米国のセントルイスとボストンに留学。帰国後から2005年まで名大で創薬の研究に携わった。昨年4月から現職。悪性リンパ腫などの血液がんが専門。

本音トーク・ゲスト③

シンガー・ソングライター　岡村孝子さん(61)

2023年5月3日・中日新聞東京本社で

笠井信輔さん（以下敬称略）　私が悪性リンパ腫、岡村さんは急性骨髄性白血病で「血液がん仲間」ですね。病気が分かった経緯を教えてください。

岡村孝子さん（以下敬称略）　2019年春に判明しました。家族で金沢に旅行に行き、兼六園を歩いていたら突然足が上がらなくなったんです。その後、コンサートのリハーサルで3曲を歌っただけで息が絶え絶えというぐらい苦しくて、おかしいなと。

血液の異常が見つかったのは、消化器の検診でした。それまで検診は半年ごとでしたが、母に「半年も空くと良くないのでは」と言われ、3カ月に縮めて受けたんです。消化器は全く問題なかったのですが、白血球の数値がおかしいことが分かりました。

笠井　コロナ禍で検診を遅らせる人が増えた中で、とても重要なお話ですね。病気を告知された時は、どう受け止めましたか。

岡村　私はシングルマザーなので、私がいなくなれば大学生の娘は一人になる。どうしようと。一方で「ここまで一生懸命生きてきた。もう仕方ないのかも」と思いました。人生に折り合いを付けるというか。

一緒に先生の説明を聞いた娘は家に帰ると、私に「気づいてあげられなくてごめんね。私のために頑張ってほしい」と言いました。私の性格からすると、「もういいや」と思って治療しないかもしれない、と見透かしたのでしょう。

笠井　お嬢さんは病気についていろいろ調べられたそうですね。

岡村　大学の図書館で調べて、どういう治療なのかなど、先生にいろいろ質問をしてくれて心強かったです。

笠井　令和の時代の医療は、「先生にお任せします」ではなくて、患者や家族が分からないこと、自分の思いや状況、求めることなどを積極的に伝えることがとても大事ですよね。

岡村　肺がんで亡くなった父は入院した時、手術ができない状況でした。抗がん剤を受けて結果を待つことしかできなかった。当時、娘も父の闘病を見ていたこともあり、私のためにいろいろ考えてくれていたのだと思います。

笠井　抗がん剤治療は相当きつかったのでは。

岡村　最初の抗がん剤は、口内炎や耳鳴りの副作用がありました。携帯の着信音みたいな音が耳の中でずっと鳴っていました。

臍帯血移植の前には白血球をゼロの状態にするために抗がん剤を使いました。ものすごい吐き気が出て、つらかった。トイレに行くのも20分ぐらい必要。よれよれになりながら歩いていました。

笠井　つらい治療の状況を正直に言うことも大事ですよね。先生にはどんなふうに伝えていましたか。

岡村　回診の先生に思わず「人間やめてもいいですか」と言ってしまいました。最初の治療で寛解しなかった時は「もう私は治療のレールから外れちゃった」と泣いて、「これからどうしたらいいんですか。死ぬのを待つんですか」と言ったこともありました。

笠井　食事は大丈夫でしたか。

岡村　病院食が全く食べられませんでした。でも、なぜだかカップ麺のペヤングだけは食べられました。

笠井　ちょっと待って、私と一緒。ペヤング仲間じゃないですか（笑）。

岡村　味の濃い物やハンバーガーなども食べたくて仕方なかったです。

笠井　無菌室にはどれぐらい入っていましたか。

岡村　5カ月ほどです。白血球がゼロの状態なので感染しやすく、下に落ちた物を拾うこともできませんでした。

入院中、以前に出演した音楽番組の再放送を見ていたら、「岡村孝子さん闘病頑張ってください」というテロップが流れたんです。もう泣きました。ファンの方たちも七夕企画と銘打って、ツイッターに「頑張ってください」と書き込んでくれて。それをまたテレビ局が取り上げてくれた。暗闇の中、一人で治療しているんじゃない。向こうには明るい光がある。そこに向かって歩いていく。そんな感じがしました。

笠井　移植を受けた臍帯血には名前を付けていたとか。

岡村　臍帯血は、赤ちゃんとお母さんをつなぐへその緒などに含まれる血液です。骨髄は合う型が見つからず、臍帯血バンクに登録しました。いただいたのは、近畿地方の男の子の臍帯血。お互いに連絡を取ることはできないので、感謝の気持ちを伝えるためにコンサートなどで「近畿地方の男の子からいただきました」と言っています。

自分の体と臍帯血が仲良くするのが一番生着（移植した臍帯血が骨髄の中で血液をつくり始めること）しやすいと先生には言われました。男の子なので「けんと」と名付けて、「仲良くしようね」と赤ちゃんがいるみたいに、おなかをなでながら話しかけていました。

笠井　退院した時は、どんな思いでしたか。

岡村　風が顔に当たるだけで、うれしくて。自分が書いてきた詞、「風がそよぐ」ってこういうことだと実感しました。

笠井　復帰コンサートは、どのタイミングで。

岡村　退院から2年後でした。本当は1年後にやろうかなと思っていたのですが、コロナもあって。先生は最初から、「岡村さんのがんは治らないがんじゃない」とか移植の前に「生きて帰します」と言ってくれていて、コンサートも「いつでもやってください」みたいな感じでした。

コンサートは、リハーサルで大泣きしました。そこに立てた、生きて立てた、ということで。治療中は「大丈夫」と「無理かも」という気持ちが半分半分でした。

コロナ禍だったので、お客さんが来なくても仕方ないなと思っていました。でも、会場にぎっしり入っていたので、もうありがたくて。ファンの方と目と目が合うと泣いてしまうから、最初は上を向いていました。

笠井　同じ病気の人たちにとっても、復帰は大変な励みになりますね。

岡村　「治りますよ」ということを伝えられたらと思います。でも先日、学会に出させていただいた際、ある先生が「残念なことに命を落とされた方もいらっしゃる。そのことを分かった上で、いろいろお話をしてください」とおっしゃられた。今、苦しんでいらっしゃる方たちがいるということを、常に考えながら話さないといけないとも思っています。

笠井　僕ら血液がんの患者は基本的に完治はなく寛解まで。再発の可能性をずっと抱えながら生きていくことになります。でも、再発を気にしすぎてもしょうがない、なったらなったで仕方ない！　今は楽しく過ごそうと思っています。そのあたりの警戒のし具合はいかがですか。

岡村　時間は有限。一瞬一瞬の出会いとか、毎日大切にして生きたいなと。楽しんだり、おいしいって思ったり、旅行したり、できることをいっぱいしちゃおうと思っています。

でも、やっぱり心配でたまらない。3カ月に1回の外来で問題がなければ「生き延びた。また次の3カ月後まで」という感じで、いつになったらこの心配がなくなるんだろうなとも思います。

笠井　読者の方にメッセージをお願いします。

岡村　お体に気をつけて、健康に気をつけて、長生きしてください。私は病気が分かった当時、コンサートやアルバムを作るのに、キャパを超えた頑張り方をしていたという自覚があります。無理をせず、少しでも異変を感じたら、すぐに病院に行ってくださいね。

おかむら　たかこ　1962年、愛知県岡崎市生まれ。82年、女性デュオ「あみん」でデビューし「待つわ」が大ヒット。85年、ソロデビュー。「夢をあきらめないで」は応援歌として歌い継がれている。2019年の入院中にアルバム「fierte《フィエルテ》」を発表。21年に発表した曲「女神の微笑《ほほえ》み」には闘病中に励ましてくれた人への感謝を込めた。

岡村さんの体験　娘に重ね

岡村孝子さんの記事は、自分の娘に岡村孝子さんを重ねながら読みました。娘も4年ほど前、44歳の時に白血病になりました。岡村さんのことは闘病中から、陰ながら応援していました。

当時の娘は食事を食べることができずにやせ細り、氷とゼリーばかりを口に入れている姿を見るのはつらかったです。臍帯血《さいたいけつ》移植を受けた娘はその後元気になり、今は介護の仕事を頑張っています。

＝愛知県幸田町・福島博子（74）・23／3／7

治療の進歩に感謝

2年前、急性骨髄性白血病と告知された当初は、両親に黙っていました。でも入院中は会えないし、電話する気力も私にはなかったので連絡が取れない状態になり、心配をかけてしまいました。結局、抗がん剤治療が落ち着いたところで両親に病気のことを伝えました。今の時代は、すばらしいチーム医療や薬で多くの命が救われています。私もその一人。令和の治療に感謝です。

＝名古屋市・女性（64）・22／6／28

目が見えるうちに投稿

肩に痛みを感じて病院を受診したところ、肺腺がんのステージ4だと分かりました。約1年前から抗がん剤治療を続けています。薬は効いていて、がんの影は小さくなっています。白内障も患っていて、だんだんと目が見えにくくなってきました。見えるうちに闘病の記録を残したいと思い投稿しました。医師や看護師のみなさんには感謝感謝。「今生きていることを楽しむ」「1日7回は笑う」ことを心掛けています。

＝名古屋市・小畑邦広（73）・22／7／26

看護師の仕事　喜び

悪性リンパ腫で笠井さんと同時期に入院しました。私は高齢者施設で働く看護師です。自分が患者になり、改めて看護師や理学療法士の方との何げない会話がいかに支えになるかを実感しました。今は職場復帰し、働く喜び、季節の移ろいを感じる幸せをかみしめています。先月、中日新聞社で開かれた笠井さんの講演会に参加しました。本当は講演会で笠井さんに直接伝えたかったのですが、勇気がなく発言できなかったので投稿しました。

＝三重県松阪市・小西民子（65）・22／8／9

✉ 救われた娘が命育む番

約2年前に乳がんの告知を受けました。抗がん剤、放射線、ホルモン療法を受け現在も治療中です。告知された翌月に他県に住む娘が第1子を出産しました。コロナ禍での初産となった娘をサポートできなかったことが一番つらかったです。娘は高校時代に交通事故に遭い、1カ月意識不明の状態が続き高次脳機能障害など後遺症があります。事故を目撃した人たちが救急車を呼ぶなどしてくれたため、娘は奇跡的に助かりました。今、娘は2人目を妊娠中。つながる命に感謝です。

＝名古屋市・女性（55）・22／8／23

✉ 脱毛で洗髪台使用　感謝

昨年1月に出血して子宮に肉腫が見つかり、秋には肺に転移して抗がん剤治療が始まりました。入院中、副作用の脱毛がつらかったです。シャワー室の床にゴッソリ抜け落ちる髪。分かっていたとはいえ、ショックでした。シャワー室の利用時間は一人30分。床に散らばる髪の毛をかき集めるのが大変で、時間が足りませんでした。そのことを看護師さんに相談し「洗髪台で髪の毛を洗いたい」とお願いすると、「お手伝いします」と快く応じてくれました。この言葉に励まされ、救われました。

＝浜松市・女性（59）・22／9／20

友人たちの親切が身に染みる

昨年、悪性リンパ腫の再発が分かりました。「つらい治療から逃げたい」「でもまだ元気に生きたい」と気持ちが揺れ動く中、7月から抗がん剤治療を受けています。抗がん剤を受けた後はおなかに鉛が入っているような感じで、体が重く、ご飯を作る気にもなりません。そんな中で、近所の方や友達が総菜を作って持ってきてくださることもあります。誰かに作ってもらったご飯を食べると元気が出ます。感謝しかありません。担当の先生も優しく、支えてくれる人のありがたさが身に染みます。

＝岐阜県恵那市・松井厚子（75）・22／11／29

精いっぱい生きた息子

昨年2月8日、大腸がんの息子のことを「つながる縁」に掲載していただきました。その息子は今年1月、41歳で天国に旅立ちました。治験の薬と相性がよく、仕事復帰を果たして、亡くなる2日前まで働いていました。

9歳と5歳の子ども2人が息子の生きがいでした。弱音を吐かず「まだまだ大丈夫」と笑っていました。先生からは「頑張っている。奇跡の人」と温かい言葉をかけていただきました。その言葉に、どれだけ勇気づけられたか。「幸せだった。援助してもらって本当に感謝しています。ありがとう」と言ってくれた息子。私の方こそ、精いっぱい生きてくれてありがとう。

＝名古屋市・苅谷節子（71）・23／3／21

✉ 夫が闘病　最終回寂しい

笠井さんの連載が終わるの？　と寂しい気持ちです。夫も悪性リンパ腫で約2年闘病しています。今も化学療法で8週間に1度通院しています。連載から情報を得て、「つながる縁」に思いを重ねて毎回切り抜いてきました。また読み返したいと思います。笠井さん、ありがとうございました。

＝岐阜県土岐市・女性（66）・23／3／21

おわりに

中日新聞と東京新聞、友好紙の北海道新聞で連載された「がんがつなぐ足し算の縁」の連載を担当してきました。笠井信輔さんがインスタに記事の一部をアップしてくれるたびに、「他の地域でも読みたい」など、多くのコメントが書き込まれているのをありがたい思いで読んでいました。地域限定だった連載がこうして本になり、全国の皆さまの手に届く喜びをかみしめています。

読者からは200通以上の反響が届きました。中でも胸が詰まったのは、闘病中の一人暮らしの70代女性からの手紙です。「人とのつながりが切にほしい」「孤独と副作用の日々をひたすら耐えていました」「今の私の処方せんが、笠井さんの新聞記事でした。正直な言葉に涙があふれました」。便せん3枚に綴られた思いの数々です。

笠井さんと読者がつながることがこの連載のコンセプトだったので、読者からの投稿は、すべて笠井さんに送り、読んでいただきました。

リアルで笠井さんと読者がつながる機会もありました。中日新聞本社で開いた講演会には、緩和ケア中の男性もタクシーで駆けつけ、発言もしてくれました。「どうしても講演会に行きたい」と生きる目標にしてくださっていたそうです。男性は、その後亡くなったと奥様から伺いました。この本の中で紹介した方の中にも、闘病の末に亡くなった方がいます。「本人が生きた証を残すことができた」──ご遺族たちは、そう言ってくれました。

うれしいことに、読者と読者がつながったことも。125ページで紹介した坂野春香さんのご両親と、129ページの谷口兼一さん。脳腫瘍で亡くなった18歳の春香さんの本を読んだ闘病中の谷口さんが春香さんのご両親に連絡を取り、先日、お線香を上げに会いに行ってくれました。

実は笠井さんと私は、当初は、オンラインのつながりだけで、リアルでお会いしたことがありませんでした。2021年4月、笠井さんたち「#病室WiFi協議会」のメンバーが東京の厚労省で病室内のWiーFi整備を訴える会見を開いた時はコロナ禍。私は名古屋から出張することができませんでした。でも、笠井さんたちは広くメディアに訴えるために会見をオンラインで中継。アーカイブでも見られるようにしてくれたのです。病室に誰も見舞いに来なかった孤独。それを身にしみて知った笠井さんの訴えは切実で、世の中を変えていこうという情熱が伝わってきました。

多くの読者が、笠井さんに親しみを持って連載を読んでくれた一因は、著名人の笠井さんがその影響力を生かして、「言いにくいことを言ってくれた」からだったのではないかと思います。患者は我慢しなくてもいい、つらいことはつらいと言っていい。患者の思いを代弁した笠井さんに、読者がついてきてくれたのだと感じています。

新聞は「オールドメディア」などと揶揄《やゆ》されることもあります。でも、新聞を通じて足し算の縁が広がっていると実感できたことは、記者である私の大きな支えとなりました。インスタに書き込まれるコメントも、新聞社に送られてくる手紙やファクス、メールも、「自分の思いを聞いてほしい」「誰かとつながりたい」という願いは同じだと感じたのです。

人と人をつなぐ「接続力」が強い笠井さんを起点として、人が出会い、心を通わせる。デジタルの時代に、こうしたアナログなつながりが強く求められているのだと感じます。本書を通じても、さらに縁が広がっていくことを願っています。

最後に、連載を書き続けてくれた笠井さん、本当にありがとうございました。本の出版を力強く後押ししてくれた中日新聞の寺本政司編集局長、中村清局次長、生活部の市川真部長に心から感謝します。

中日新聞記者　細川暁子

装丁	番 洋樹
本文デザイン	鈴木 知哉
カバー・p28写真	石川 正勝（エアークラフト）
撮影協力	自由学園明日館

笠井 信輔（かさい　しんすけ）

1963年生まれ。フジテレビのアナウンサーとして情報番組「とくダネ！」などを担当。フリー転身直後の2019年、血液のがん「悪性リンパ腫」のステージ4と診断された。現在は、がんが体から消える「完全寛解」の状態。得意分野の映画・演劇に加え、自身の経験を踏まえたがん治療の啓発活動など医療関連の情報発信も手掛けている。

「がんがつなぐ足し算の縁」

2023年9月1日　初版第1刷発行

著　　者　笠井 信輔

編　　集　田中 玲子(中日新聞社出版部)

発 行 者　鵜飼 哲也
発 行 所　中日新聞社
460-8511 名古屋市中区三の丸一丁目6番1号
電　　話　052-201-8811(大代表)
052-221-1714(出版部直通)
郵便振替　00890-0-10
ホームページ　https://www.chunichi.co.jp/corporate/nbook

印刷・製本　株式会社シナノ パブリッシング プレス

ISBN 978-4-8062-0809-9 C0095